Wenn Angst und Liebe sich umarmen

Books on Demand

Unser Dank

Hiermit bedanken wir uns herzlich für die Unterstützung unserer Familie, unserer menschlichen und himmlischen Freunde und all unserer LeserInnen, die uns durch ihr Da-Sein und ihr Interesse den Impuls gaben, dieses Buch in die Welt zu bringen!

Rolf:

Mein Dank gilt besonders den LeserInnen meines Blogs https://sultangeschichte.wordress.com/, auf dem diese Geschichte erstmalig veröffentlicht wurde, sowie auch den Leserinnen meines Blogs https://ichwageesjetzt.wordpress.com/, in dem ich meine persönlichen Erfahrungen, Gedanken und einiges von dem, was mich berührt, mitteile.

Marina:

Ich danke von Herzen den BesucherInnen meiner Webseite www.marina-kaiser.de, in der ich mit jeweils neuen monatlichen Beiträgen eine Landschaft voller Gelegenheiten zur Inspiration und Stärkung gestalte (da gibt es „die Tages-Kraft-Impulse", Engelkarten und andere Energie-Karten zum Online-ziehen, Geschichten, Gedichte, meine beruflichen Angebote, das Gute-Nacht-Stübchen u.v.m...), und ich danke auch den LeserInnen meines Blogs https://innereskind.wordpress.com/

Wir beide danken herzlich all unseren Lesern und Kommentatoren... Danke für die tollen, wertschätzenden Feedbacks, die uns Mut machten zu diesem Buch!

Danke allen liebevollen geistigen Kräften, die diese Geschichte durch uns haben entstehen lassen, und die uns in diesem Buch wie auch im persönlichen Leben leiten und begleiten...

Und wir danken unserer allgegenwärtigen Freundin, der „Kraft der Liebe", die in diesem Buch als Erzählerin auftritt. SIE gibt im Anschluss an die Geschichte im zweiten Teil des Buches unterstützende Impulse zum Umgang mit Angst und anderen Gefühls-Anteilen in uns.

Rolf Meister & Marina Kaiser

Wenn Angst und Liebe sich umarmen

Eine märchenhafte Heilungs-Geschichte
im Palast eines weisen Sultans

FSC
www.fsc.org
MIX
Papier aus ver-
antwortungsvollen
Quellen
Paper from
responsible sources
FSC® C105338

Bibliografische Information der Deutschen Nationalbibliothek:
Die Deutsche Nationalbibliothek verzeichnet diese Pu-
blikation in der Deutschen Nationalbibliografie; detail-
lierte bibliografische Daten sind im Internet über
http://dnb.dnb.de abrufbar.

Illustration: Marina Kaiser

Herstellung und Verlag: BoD – Books on Demand, Nor-
derstedt

ISBN: 9783746062051

Inhaltsverzeichnis

5

EINLEITUNG:

Die Kraft der Liebe stellt sich vor

Sei gegrüßt, lieber Mensch!
Du kennst MICH,
und doch erkennst du MICH oft nicht.

ICH wirke in Deinem Leben,
und doch unterschätzt Du oft meine Wirksamkeit,
dabei präge ich Deine Wirklichkeit,
denn ohne MICH gäbe es dich nicht!

ICH bin in vielfältiger Weise präsent,
trage die unterschiedlichsten Masken,
spiegele mich in abertausenden von Gesichtern,
strahle in allen Lichtern...

ICH bin, die ICH bin –
und verleihe dem Leben seinen Sinn.

ICH bin die Kraft der Liebe.

ICH bringe dir
ein Märchen,
in dem sich
Frau und Mann,
Angst und Güte,
Zartheit und Kraft,
Verzagtheit und Macht,
Unruhe und Gelassenheit,
Widerstand und Hingabe begegnen,
um miteinander zu leben und zu tanzen -
zunächst in ihren verschiedenen Rhythmen,
die schließlich zu einem gemeinsamen Rhythmus
von Frieden, Vertrauen und Lebendigkeit zusammen finden.

*Wie so viele Geschichten möchte ICH auch diese,
die übrigens gut in den Räumen der Märchen von
Tausend-und-einer-Nacht angesiedelt werden könnte,
beginnen mit dem uns allen bekannten*

„ES WAR EINMAL..."

...wohl wissend, dass es richtiger heißen müsste

„ES IST..."

Denn nichts war jemals, das nicht heute noch ist.

**Gestern und heute sind eins
jenseits der Welt des irdischen Scheins...**

Ein Märchen beginnt

Die Kraft der Liebe erzählt:

Es waren einmal... ein Mann und eine Frau.
Das erste, was ICH, die Kraft der Liebe, zu tun hatte, war, dafür zu sorgen, dass sich die beiden begegneten. So gab ICH dem Mann Raoul, der ein mächtiger Sultan war, den Impuls, eine Reise ins Nachbarland zu unternehmen, um dem dort herrschenden Sultan Ohmada einen Besuch abzustatten. Dort traf er auf eine Frau, die noch nicht sehr lange zum Harem dieses Sultans gehörte.

ICH sorgte dafür, dass er sie nicht nur zu Gesicht bekam, sondern in ihr Gesicht, genauer gesagt in ihre Augen schaute – und damit Einblick in ihr Inneres gewann.

Mit ihrer Verzweiflung, ihrer Zartheit und ihrem Schmerz berührte sie sein Herz. Und er fand den Sinn dieser Reise darin, in seiner Weise für sie zu sorgen - so schuf er ihr ein neues Morgen, indem er sie „kaufte" und mit sich nahm in seinen Palast. Das schien ihr erst einmal als neue Last. Doch er wollte dafür sorgen, dass sie bald einen neuen GUTEN Morgen darin erblicken konnte.

Noch schien eine neue Hoffnung für sie weit entfernt. Zu bitter und schmerzlich war die vergangene Zeit, zu heftig ihr bereits erlebtes Leid, als dass sie auch nur ein Hauch von Zuversicht finden konnte.

Ja, hier ist MEINE Kraft, die Liebe, sehr von Nöten! Und da der Sultan einen guten Draht zu MIR hat, werde ICH in dieser Beziehung viel tun können. Mal sehen, wie die beiden MICH in ihrem Miteinander erkennen werden...

8

Willkommen

Die Kraft der Liebe erzählt:

Unsichtbar, wohl aber deutlich für ihn fühlbar, begleite ICH den Sultan zurück in seinen Palast. Er begrüßt seine neue Harems-Frau gerade in diesem Moment und ist berührt von ihrer Zartheit und Verletzlichkeit.

Lasst uns nun hier gemeinsam in die Geschichte eintreten und schauen, wie ihre erste Begegnung in seinem Palast verläuft...

***

Raja, eine langjährige Dienerin, saß neben dem Sultan auf dem mit weichen Fellen und Kissen bedeckten Boden. Ihre Hand streichelte sanft seinen Arm, als Sarah, eine der Haremsfrauen, in Begleitung der gerade angekommenen jungen Frau sein Gemach betrat. An der Tür knieten beide nieder.

„Erhebt euch und tretet näher!" forderte der Sultan die Frauen auf. Sarah legte der anderen Frau die Hand auf die Schulter und schob sie sanft weiter in den Raum, bis beide dicht vor ihm standen.

„Ich danke dir, Sarah. Lass uns jetzt bitte allein." Auch Raja verließ leise den Raum, nicht ohne der neuen Frau noch ein warmes, freundliches Lächeln geschenkt zu haben.

Als die beiden den Raum verlassen hatten, schaute er sie nachdenklich an. Er erinnerte sich an die etwas zerrissene Kleidung, in der er sie bei Sultan Ohmada gesehen hatte. Sie trug jetzt ein ärmelloses, langes, Kleid, dessen Träger über den Schultern zusammengerafft waren. Es war äußerst geschmackvoll für sie ausgewählt worden, aber vielleicht entsprach es doch nicht ganz dem, was sie selbst gern getragen hätte...

Der Blick aus ihren großen Augen war starr auf den Boden gerichtet, ihre Lippen waren wie ein schmaler Strich in ihrem Gesicht. Das mittellange, braune Haar war sorgfältig gekämmt und fiel ihr in weichen Wellen auf die Schultern. Sie wirkte sehr ängstlich, schien regelrecht in sich zusammen gezogen zu sein, und ihr schlanker Körper verstärkte diesen Eindruck noch.

Der Sultan lehnte sich zurück und wies auf den Platz vor sich. „Setz dich bitte."

Die Frau schaute ihn ungläubig an, sah auf den Platz vor ihm, der mit einem weichen Fell bedeckt war. Erst nachdem sie erneut ihren fragenden Blick auf den Sultan richtete und dieser nickte, setzte sie sich widerstrebend.

„Wie heißt du?" fragte der Sultan leise.

„Selina." Sie hatte die Hände in ihrem Schoß liegen und sah kaum hoch.

„Ich möchte dich zunächst einmal in meinem Palast herzlich willkommen heißen, Selina. Erzähle mir etwas von dir," forderte der Sultan sie freundlich auf.
Als sich ihre Blicke begegneten, sprach er weiter: „Sag mir, woher du kommst und was du bisher erlebt hast."

„Ich komme aus einem Land aus dem Norden. Dort wuchs ich als Tochter eines Priesters auf..." Selina stockte und schluckte, „...bis der Krieg kam. Unser Ort wurde abgebrannt. Ich wurde mit vielen anderen Frauen verschleppt... und an den Sultan Ohmada verkauft..." Selina rang mit den Tränen, „...als Haremsfrau!" Ihre Stimme erstarb, und wieder blickte sie zu Boden.

„Du hast dich ihm verweigert?" fragte der Sultan leise.

„Ja," antwortete Selina - und noch leiser: „Es hat mir nichts genützt. Sultan Ohmada hat... mich mit Gewalt genommen und geschlagen - als Strafe... und jetzt... "

Raoul ahnte, welche bedrückenden Gedanken ihr durch den Kopf gingen.

„Du bist zwar auch bei mir eine Haremsfrau," der Sultan lächelte sie freundlich an, als er weiter sprach, „aber du brauchst keine Angst zu haben - es gibt bei mir keine Strafen!"

„Keine Strafen?", fragte Selina. Sie sah den Sultan ungläubig an.

„Nein, es gibt bei mir weder Strafe noch Zwang und Gewalt", wiederholte der Sultan geduldig. „Du lebst zwar in meinem Harem, aber ich werde von dir nichts verlangen, was deinen Gefühlen entgegen steht."

Selina sah ihn mit großen Augen an. „Und was soll ich hier machen?" fragte sie.

„Ich möchte, dass du dich hier in der nächsten Zeit von deinen Strapazen bei Sultan Ohmada erholst. Du kannst dir den Palast ansehen, durch den großen Garten spazieren, im See des Gartens baden, mit den anderen Frauen reden, mit ihnen etwas unternehmen... was du möchtest. Ich gestatte dir jedoch nicht, den Palast und das ihn umgebende Gelände zu verlassen!"

In ihren Augen konnte er deutlich erkennen, dass sie an seinen Worten zweifelte. „Ich soll mich erholen?" fragte sie ungläubig.

„Ja", antwortete der Sultan ruhig, „Ich möchte, dass sich die Frauen in meinem Haus wohlfühlen. Sie können sich auf jede erdenkliche Weise vergnügen. Sie können lesen, tanzen, singen, musizieren, spielen... was immer sie wollen. Und ich verlange von keiner etwas, wozu sie nicht im Innersten bereit ist."

„Und Sie verlangen keine... nicht, dass ich..." Selina suchte beklommen nach Worten, „ich muss nicht...?"

„Nein, du musst es nicht tun! Aber ich möchte, dass wir uns näher kennen lernen. Ich wünsche, dass du jeden Abend bei Sonnenuntergang zu mir kommst."

Selina zuckte zusammen. Als sie den Sultan ansah, fuhr er fort: „In dieser Zeit werden wir uns näher kennen lernen und die verschiedensten Dinge gemeinsam machen. Was es sein wird, kann ich dir heute noch nicht genau sagen. Bald wirst du merken: Du brauchst keine Angst vor mir zu haben. Ich werde dir niemals weh tun."

„Ich kann das gar nicht glauben", sagte Selina. „Sie haben mich als Haremsfrau gekauft und ...ich soll mich erholen?! Sie verlangen keine Liebesdienste... Was wollen Sie?!"

11

„Ich möchte, dass du dich hier wohl fühlst, dass du dich erholen kannst, und dass du deine Angst vor mir nach und nach verlierst", wiederholte der Sultan freundlich, obgleich er sah, dass sie seinen Worten keinen Glauben schenken konnte. „Manches braucht einfach Zeit und viele neue Erfahrungen. Du wirst es irgendwann verstehen, Selina. Für heute möchte ich unser Gespräch erst einmal beenden. Ich glaube, du brauchst jetzt erst einmal Zeit für dich. Du darfst jetzt in dein Gemach zurück gehen."

Als sich Selina erhoben hatte und zur Tür wandte, sagte der Sultan: „Morgen Abend bei Sonnenuntergang sehen wir uns wieder. Du findest mich hier."

Als Selina gegangen war, lehnte sich der Sultan zurück und schloss die Augen.

Er war beeindruckt von ihren großen Augen und ihrer zarten, schönen Gestalt. Dabei ahnte er auch, wie kraftvoll und lebensfroh sie sein könnte, wenn sie nicht so von ihrer Furcht beeinträchtigt wäre. Sie saß vor ihm wie ein ängstlich zusammen gekauertes Kind, das seine Strafe erwartet.

Sie haderte verständlicherweise mit sich und ihrer Situation. Jeder Satz von ihm wurde, ausgelöst durch ihre jüngst erlebten schlimmen Verletzungen und Demütigungen, argwöhnisch hinterfragt. Sie war so in ihrer Angst gefangen, dass ihre Hände zitterten, und sie wirkte auf ihn so zusammengezogen, dass er fast körperlich spürte, wie unwohl sie sich fühlen mochte.

Ihm war bewusst, dass es viel Geduld und Liebe erfordern würde, ihr Vertrauen zu gewinnen, um ihr zeigen zu können, dass es auch für sie und in ihr Liebe gab, die unter all ihrer Angst darauf wartete, entdeckt und gefühlt zu werden.

***

Nun, lieber Leser, hast du MICH in dieser ersten Begegnung schon ein Stückchen durchschimmern sehen, MICH, die Kraft der Liebe?

Was Selina anbelangt – nun... sie hatte natürlich noch Mühe, MICH zu entdecken. Da brauchen wir noch viel Zeit, Geduld und etliche gute Ideen und liebevolle neue Erfahrungen...

Auch die zweite Begegnung mit dem Sultan war für sie angstbesetzt und höchst verwirrend. Seine gleichbleibende ruhige Freundlichkeit konnte sie noch nicht erreichen.

In der Nacht - da sind übrigens MEINE Einflussmöglichkeiten besonders groß - gab ICH dem Sultan eine Idee, um ihr die erste Zeit in seinem Palast etwas zu erleichtern: Er wollte ihr schönes Schreibzeug und ein leeres Büchlein schenken, um ihre Gefühle ausdrücken zu können. Da es hier noch keinen Menschen gab, dem sie vertrauen konnte, so war das Tagebuch möglicherweise ein „Gegenüber", dem sie alles erzählen konnte, was sie bewegte...

13

Der Wunsch zu fliehen

Selina war überrascht über dieses schöne Geschenk. Da sie des Schreibens kundig war und es als hilfreich empfand, ihre Gedanken auf Papier zu bringen, nutzte sie es und schrieb über ihre ersten Eindrücke der Begegnung mit dem Sultan:

Hier nun meine erste Eintragung in dich, du mein Tagebuch. Ich will dich als meinen Gefährten betrachten, als Freund in der Fremde!

Nun bin ich seit kurzem hier im Palast meines neuen Gebieters. Bei unserer heutigen Begegnung schenkte er mir dich und das andere edle Schreibzeug. Ich könne alles, was mich bewegt, unbesorgt nieder schreiben. Vielleicht würde mir das Schreiben beim Bewältigen meiner Gefühle helfen...

Ganz sicher würde es niemand lesen – versprach er mir. Mein Zimmer würde niemand betreten, der nicht von mir eingeladen wird. Auch er würde diese Regel, die er selbst aufgestellt hatte, nicht brechen - es sei denn, es gäbe zwingende Gründe dafür.

Mein Geschriebenes wäre also nur für mich zugänglich... Kann ich das wirklich glauben? Gibt es hier tatsächlich ein wenig Privatsphäre für mich? Nach all dem Schlimmen, was ich bei Ohmada durchgemacht habe, kann ich es kaum fassen. Ich werde vorsichtig sein! Aber es tut gut, das, was mich bewegt, aufzuschreiben. Ich habe ja auch zuhause damals gern geschrieben... Ein winziges Stück Hoffnung wächst in mir, dass alles doch nicht ganz so schlimm wird...

Außerdem ist auch Briefpapier dabei. Er sagte, wenn ich ihm einmal einen Brief schreiben wolle, würde er sich freuen. Manches könne man schriftlich leichter ausdrücken als im persönlichen Gespräch. Ich war verblüfft über solche Gedanken aus dem Kopf eines Mannes.

Schon die erste Begegnung mit ihm hatte mich erstaunt. In meiner Panik vor dem, was mich wohl hier erwarten würde, brachte ich kaum ein Wort heraus. Es wundert mich noch jetzt, wie ruhig, geduldig, ja sogar freundlich er zu mir war. Ob er in den ersten Begegnungen zu jeder Frau so ist?

Ob seine Worte wirklich der Wahrheit entsprechen? Keine Gewalt... kein Zwang... keine Strafe...? Kann das wirklich wahr sein?

Dafür muss ich täglich zu ihm gehen! Das ist häufiger als vorher bei Ohmada.

Er erklärte mir, erst einmal sollten wir uns kennen lernen, miteinander über einiges reden... Und dann? Was folgt wohl nach dem „erst einmal"...?

Ich sollte vorsichtig sein... mir keine falschen Hoffnungen machen! Schließlich bin ich als Frau in seinen Harem eingekauft worden. Da werden gewisse Dienste auf Dauer wohl unabwendbar sein... Oh Gott, ich habe davor eine so große Angst! Auch wenn er nun wirklich keinen brutalen Eindruck macht – er ist schließlich ein Mann, der Herrscher hier – und kann alles mit mir machen, alles von mir verlangen, was er will! Irgendwann ist das mit dem Kennenlernen vorbei – und dann...

Warum nur bin ich in diese Situation geraten? Wieso spielt das Schicksal ein so hartes Spiel mit mir?

Doch ein Fünkchen Hoffnung ist in mir, dass es wenigstens nicht ganz so hart und brutal werden wird wie zuvor bei Ohmada. Vielleicht hätte ich nicht sagen sollen, dass ich ihm keine Liebesdienste geben will... Hoffentlich habe ich mir sein anfängliches Wohlwollen damit nicht verdorben!

Er benutzte das Wort „Verweigerung", und ich gab zu, mich bei Ohmada verweigert zu haben. Hoffentlich habe ich damit nicht einen rebellischen Eindruck hinterlassen...

Vielleicht hätte ich auch nicht sagen sollen, dass ich die Tochter eines Priesters bin. Hier herrscht sicher eine völlig andere Gottheit, und gerade in religiöser Hinsicht gibt es oft viel Kampf!

Hoffentlich habe ich nicht gleich am Anfang alles verdorben. Ich hätte lächeln sollen und freundlich erscheinen, wenigstens so tun als ob... aber ich kann das einfach nicht!

Oh Gott, hilf mir! Schenke mir doch eine Gelegenheit, allem hier zu entkommen und nach Hause zurück zu gelangen...

Die Kraft der Liebe erzählt:

Der Sultan hatte recht: Noch war sein neuer Schützling ausschließlich von Furcht beherrscht. In ihrer Angst und ihrem Misstrauen kreisten Selinas Gedanken immer wieder um die Frage: „Wie kann ich von hier weg kommen? Welche Möglichkeiten könnte ich finden, unbemerkt zu fliehen?"

Da ihr Denken fast nur um diese Thematik kreiste, musste ICH es aufgreifen und ihr zeigen, wohin es führte - auch wenn dieser notwendige Umweg für sie kurzfristig nochmals zu belastenden Gefühlen führen würde...

Ihre Gedanken wurden durch ihre Intensität zu Aufträgen, die das Leben erfüllen musste. ICH würde allerdings dafür sorgen, dass die Umsetzung dieses Auftrages und die Folgen, die daraus entstehen würden, so mild wie möglich abliefen...

Eine offene Tür

Die Kraft der Liebe erzählt:

Der Dienst für Selina, der MIR als die Kraft der Liebe möglich war, bestand darin, ihren Wunsch zu erfüllen und ihr eine Gelegenheit zur Flucht zu schaffen, obwohl ICH ihr die dadurch resultierenden Gefühle lieber erspart hätte. Denn glücken durfte diese Flucht nicht! Das wäre nicht vereinbar gewesen mit ihrem Lebenskonzept, das ihre Seele gestaltet hatte vor Urzeiten – oder vielleicht sollte ICH besser sagen: auf einer anderen Ebene ihres Seins im immerwährenden JETZT. Der Aufenthalt beim Sultan sollte zu einer tiefen, heilenden Erfahrung ihres Lebens führen. Ihrer beider Seelen hatten sich dazu verabredet.

Um ihr zu dienen, musste ICH zunächst ihren Wunsch erfüllen, weil er mit sehr starken Gefühlen besetzt war. ICH gestaltete diesen Weg jedoch so schmerzarm wie es irgend möglich war.

Selina schuf sich durch ihre Suche nach einer Gelegenheit zu entkommen lediglich einen kleinen Umweg, der ihre Angst zunächst leider noch vergrößerte. Aber es führte auch dazu, dass ICH ihr damit helfen konnte, diese Fluchtgedanken gänzlich aufzugeben und sich schließlich nach und nach einzulassen auf das, was sie mit und durch Sultan Raoul erleben wollte (sie würde noch sagen „sollte"). Deutlich musste ihr vermittelt werden, dass sie sich mit einem Fluchtversuch nur selbst schaden würde.

Schon am Nachmittag des folgenden Tages erfüllte ICH ihr Anliegen und ließ sie beim Spaziergang durch den Garten des Palastes ein offenes Tor in der Außenmauer, die das Gelände umgab, finden.

Ohne länger darüber nachzudenken schlüpfte sie hindurch und lief durch den nahegelegenen Palmenhain. Als sie kurz anhielt, um auf einer Lichtung Atem zu schöpfen, stieß sie auf einen Bediensteten des Sultans, der sie sofort erkannte, festhielt und zum Palast zurückbrachte. ICH sorgte dafür, dass er genau dort zu genau dieser Zeit seine Pause verbrachte, damit ihr Umweg so kurz und schmerzlos wie möglich verlaufen konnte. Was hätte schließlich aus dieser unbedachten Handlung folgen können... Hunger, Durst, Schmerz, Verletzungen aller Art, Orientierungslosigkeit und noch mehr Angst... Nein, davor konnte und wollte ICH sie bewahren und ließ ihre kopflose Flucht schnell enden.

Was ICH ihr nicht ersparen konnte, waren die Gefühle, die sie empfand, als der Sultan ihr seine Macht deutlich machen musste, um sie vor weiteren Fluchtversuchen und den damit verbundenen Gefahren zu bewahren.

In diesem Fall musste sich der Sultan MEINER Kraft bedienen, um Selina zu ihrem eigenen Schutz klare Grenzen zu setzen. Die Grenze, die die äußere Palast-Mauer darstellte, war zu der Zeit identisch mit dem Verlauf ihres roten Seelenfadens.

Das darauf folgende Gespräch zwischen den beiden war von großer Wichtigkeit, da es Selina möglich machte, wieder ein Fünkchen seiner Güte zu erkennen...

Verständnis und Vergebung

Die Kraft der Liebe erzählt:

Selina betrat zaghaft das Zimmer des Sultans, und es erschien ihr, als ließe er sie länger am Eingang knien als sonst. Schließlich sagte er: „Steh bitte auf und komm zu mir, Selina." Langsam kam sie näher, und kniete vor ihm erneut nieder. „Setze dich bitte zu mir." Er sah, wie Selina am ganzen Körper zitterte und spürte voller Verständnis und Mitgefühl deutlich ihre Angst. Als sich ihre Augen begegneten, wich sie seinem Blick aus.

Sie trug über ihren Schultern ein dunkles Tuch, als würde sie frieren – dabei war es recht warm. Der Sultan spürte deutlich, wie unwohl sie sich fühlte - verzweifelter noch als am Tag zuvor, was ihn nach ihrer gescheiterten Flucht und ihren panischen Gedanken, die sicherlich um die unterschiedlichsten Arten von erlebten und vorgestellten Bestrafungen kreisten, kaum verwunderte. Er sah sie lange an und nahm MICH, die Kraft der Liebe, deutlich wahr, bis er zu sprechen begann: „Stell dir doch bitte einmal vor, dass du ein mächtiger Sultan bist. Dir wäre eine Haremsfrau, die deinem Schutz untersteht, entflohen. Glücklicherweise wurde ihre Flucht verhindert und sie stünde jetzt vor dir. Was würdest du tun?"

Selina sah den Sultan fragend an und schluckte. „Ich würde sie freilassen." sagte sie nach einer ganzen Weile leise und vermied es, seinem Blick zu begegnen.

„Das geht nicht - und ich glaube, du weißt das auch," erwiderte er mit einem verhaltenen Lächeln. „Denn sie hätte in dieser Gegend als junge Frau allein - noch dazu aus einem fremden Land - keine Sicherheit und keine gute Zukunft. Fällt dir etwas anderes ein? Wie würdest du auf ihre Flucht reagieren?"

Wieder schwieg sie lange, während sie verzweifelt überlegte, was sie sagen könnte... „Ich würde sie nicht bestrafen, denn ich könnte sie verstehen," antwortete sie schließlich ehrlich.

„Ich kann dich auch verstehen, Selina," erwiderte der Sultan unerwartet. „Ich kann mich an Gefühle von Angst und Panik erinnern, die mich so durcheinander brachten, dass ich auch spontan und unüberlegt gehandelt hätte, wenn ich nicht daran gehindert worden wäre."

Erstaunt schaute die junge Frau ihm kurz ins Gesicht.

„Wo wolltest du denn hinlaufen?" fragte er.

„Nach Norden – Richtung Heimat," kam es leise von Selina, und wieder wich sie seinem Blick aus.

„Kannst du dir vorstellen, was hätte geschehen können, wenn dir die Flucht wirklich gelungen wäre? Welcher Gefahr du dich damit ausgesetzt hast? Was wäre gewesen, wenn dich jemand anderes gefunden hätte - jemand der dir nicht so wohl gesonnen wäre? Du hättest geschlagen, vergewaltigt, ja sogar getötet werden können..."

Sie zuckte bei den Worten zusammen und ihr ganzer Körper begann zu zittern. Der Sultan legte ihr beruhigend seine Hand auf ihren Arm. An ihrem Gesicht konnte er sehen, wie sie mühsam mit ihren Tränen kämpfte.

Beide saßen so eine Zeitlang schweigend beieinander, und als der Sultan spürte, dass sie sich etwas beruhigt hatte, nahm er seine Hand wieder weg und lehnte sich zurück.
„Kannst du dich noch an unser erstes Gespräch erinnern?" fragte er sie.
Als sie nickte, fuhr er fort: „Ich hatte dir damals gesagt, dass es keine Strafen geben würde. Ich erklärte dir auch, dass du das Palast-Gelände nicht verlassen darfst. Nun muss ich Vorkehrungen treffen, um zu verhindern, dass du ein nächstes Mal genauso kopflos davon läufst. Ich habe daher beschlossen, dass an allen Ausgängen des Palastes verstärkt Wachen aufgestellt werden. Außerdem gestatte ich dir nicht mehr, allein in den Garten zu gehen. Dies ist eine notwendige Vorsichtsmaßnahme, die ich treffen muss, damit sich Ähnliches nicht wiederholen kann – keine Strafe, auch wenn es sich für dich vielleicht so anfühlen mag. Du wirst von mir kaum begrenzt, du hast innerhalb des Palastes alle nur möglichen Freiheiten, aber ich werde zu verhindern wissen, dass du weg laufen kannst!"

Selina hatte ihren Blick gesenkt, und nach einer Weile sagte sie leise: „Ich bitte um Vergebung."

Als sie bemerkte, dass der Sultan mit dem Kopf nickte, wagte sie eine Bitte: "Könnten sie mir nicht bitte gestatten, weiterhin allein in den Garten zu gehen? Es ist für mich so wertvoll, dort in der Natur meinen Gedanken nachzugehen... Wäre jemand bei mir, würde ich mich immer beobachtet fühlen... Ich glaube, das wäre mir sehr unangenehm..."

Der Sultan konnte sie verstehen und überlegte, ob es tatsächlich notwendig wäre, ihr die Besuche im Palastgarten auf diese Weise einzuschränken.

„Ich vergebe dir, Selina, und ich will dir weiterhin gestatten, ohne Begleitung in den Garten zu gehen. Denn es liegt mir am Herzen, dass du dich wohl fühlst hier," antwortete er und sah, wie sie erleichtert aufatmete.

„Warum hast du Angst vor mir?" fragte er nach einer ganzen Weile in die Stille hinein.

„Sie sind ein mächtiger Sultan und ich ihre Haremsfrau – sie können mit mir machen, was immer sie wollen..." Selina schluckte und sah den Sultan angstvoll dabei an.

„Aber ich habe dir auch gesagt, dass nichts Schmerzhaftes oder Unangenehmes geschehen wird, dass ich von dir nichts fordern werde, was dir widerstrebt. Kannst du dich daran erinnern?"
Als Selina nickte, fragte er weiter: „Glaubst du mir das?"

Anstelle einer Antwort senkte sie ihren Blick und schwieg.

Es berührte den Sultan, sie so zu sehen. Behutsam nahm er ihre kalte Hand in seine. Er spürte ihr Zittern und wollte ihr durch diese Geste Wärme und Trost vermitteln.

„Ich wünsche dir und mir, dass du mir bald Glauben schenken kannst," sagte er schließlich leise. „Wenn du lange genug hier bist, wirst du wissen, dass du meinen Worten trauen kannst!"

„Könnten Sie mir nicht eine andere Aufgabe innerhalb des Palastes zuweisen." fragte Selina zaghaft.

„Wie meinst du das?" Der Sultan tat, als würde er ihre Frage nicht ganz verstehen.

„Muss ich unbedingt Haremsfrau sein, könnte ich nicht auch etwas anderes machen?"

„Ach du meinst, du würdest zum Beispiel lieber den Palast sauber halten oder als Küchenhilfe oder ähnliches arbeiten? Das würde dir besser gefallen?"

Als sie zustimmend nickte, antwortete er ruhig und bestimmt: „Nein, Selina, das geht nicht – für solche Arbeiten bist du zu schwach. Schau, dein Körper ist sehr zart und von all den Strapazen der letzten Zeit zusätzlich geschwächt. Im Harem ist für dich hier der einzige sichere und passende Ort."

Selina sah zu Boden, ein leichtes Zucken ihrer Schultern zeigte ihre Verzweiflung.

Zu gern hätte der verständnisvolle Sultan sie tröstend in die Arme genommen, hielt sich aber zurück, weil er spürte, dass sie diese Geste falsch deuten würde und sich noch mehr bedroht fühlen könnte. So sprach er ruhig weiter: „Selina, glaube mir, das wird sich ganz anders gestalten, als du es jetzt befürchtest. Ich möchte wirklich, dass du dich hier erholst und empfehle dir, mit deiner jetzigen Situation Frieden zu schließen. Das ist die einzige innere Einstellung, mit der du dich hier wohl fühlen kannst. Und ich möchte, dass es dir gut geht! Wirklich! Damit dir das etwas leichter fällt, habe ich eine Aufgabe für dich…"

Selina zuckte zusammen. Was würde jetzt kommen?

„Ich wünsche mir, dass du dich hier in meinem Palast und auch im Garten umsiehst und nach etwas Ausschau hältst, das du schön findest. Ich möchte, dass du deine Aufmerksamkeit darauf richtest, was dir hier gefällt. Egal, was es ist - schreibe auf, was du findest, und erzähle mir davon bei unserer nächsten Begegnung."

„Und wenn ich nichts finde?" fragte sie ängstlich.

„Du wirst etwas finden, da bin ich mir ganz sicher!" Der Sultan nickte ermutigend und lächelte sie freundlich an. „Damit verbunden ist auch eine zweite Aufgabe." Er fuhr fort, obwohl er spürte, wie ihre innere Anspannung sich verstärkte. „Wähle eins von den Dingen aus, die du gefunden hast. Betrachte es und fühle, welche Eindrücke oder Farben du damit verbindest, und bringe sie dann auf Papier."

„Ich kann nicht malen. Sie werden keine Freude an einem Bild von mir haben," sagte sie unglücklich.

„Du kannst ganz sicher malen. Jeder Mensch kann das. Es kommt dabei gar nicht auf das Ergebnis an. Du sollst nur die Farben auf ein Blatt Papier bringen, die dir beim Betrachten des Gegenstandes dazu einfallen. Sieh dir das an, was du gefunden hast, schließe, wenn du magst, deine Augen und nimm wahr, wie es auf dich wirkt. Nimm dir anschließend Farben und male einfach drauf los... Es muss nichts Gegenständliches ergeben und auch kein naturgetreues Abbild sein. Es kann einfach ein Blatt voller Farben sein – mehr nicht. Hast du das verstanden?"

Selina nickte nur. „Gut," fuhr der Sultan fort, „ich werde dafür sorgen, dass du Papier und Farben in deinem Zimmer vorfindest. Und nun wollen wir das Gespräch für heute beenden. Geh mit meinem Auftrag, nach Schönem Ausschau zu halten, und mit der Sicherheit, dass ich dir deine kleine Flucht nicht übel nehme in deine Gemächer. Es war ein aufregender Tag heute für dich - und du kannst jetzt Ruhe gebrauchen, glaube ich. Raja wird dir in Kürze einige Erfrischungen bringen."

„Danke!" flüsterte die junge Frau, als sie sich erhob.

„Halt, warte bitte! Diesen Brief hier habe ich noch für dich."

Lächelnd reichte der Sultan der erstaunten Selina einen Brief, den er vor ihrer Begegnung an sie geschrieben hatte. „Ich wünsche dir jetzt einen erholsamen, ruhigen Abend - und viel Erfolg morgen bei deiner Suche nach Schönheit in deiner jetzigen Umgebung... Sei unbesorgt, Selina – alles ist gut!"

Ein Brief des Sultans

Verwirrt von dem unerwarteten Ausgang des Gesprächs und auch ein wenig gespannt las Selina den Brief des Sultans, sobald sie in ihrem Zimmer angelangt war:

Liebe Selina,

ich habe dir bereits bei einem unserer ersten Gespräche angeboten, auch die Möglichkeit zu nutzen in Form von Briefen mit mir in Kontakt zu treten. Erinnerst du dich? Manchmal ist es leichter, auf diese Art und Weise Gedanken auszutauschen - gerade dann, wenn es schwer fällt, darüber zu reden. Mit diesem Brief an dich möchte ich heute den Anfang machen.

Ich kann sehr gut nachempfinden, wie es dir zur Zeit geht.

Du bist in einer Familie aufgewachsen, in der du gut behütet warst. Durch den Krieg wurdest du aus dieser geschützten Umgebung heraus gerissen. Dieser sinnlosen Kämpfe und Verwüstungen wurde von Männern ausgeführt, von denen Hass, Gewalt und Tod ausgingen, die Macht über Leben und Tod besaßen, und die dir durch ihr brutales Verhalten verständlicherweise panische Angst einflößten.

Du warst wahrscheinlich noch Jungfrau, als die Diener des Sultan Ohmada dich auf dem Basar wie eine Ware als Haremsfrau gekauft haben. Wieder musstest du Macht in einer schrecklichen Weise spüren - Macht, die dazu gebraucht wurde, um dich zum Gehorsam zu zwingen, dich gefügig zu machen. Du hast dabei den Schmerz und die Scham erfahren müssen, gegen deinen Willen Dienste zu leisten, denen du dich versuchtest zu entziehen. Und wieder wurde durch Gewalt dein Widerstand gebrochen. Wie entwürdigend und schrecklich das für dich gewesen sein mag, kann ich nur ahnen.

Für dich unterscheidet sich deine jetzige Situation scheinbar nur unwesentlich von der beim Sultan Ohmada. Auch ich bin ein mächtiger Sultan, der dich ebenfalls als Haremsfrau kaufte. Aus deiner Erfahrung weißt du, dass diese Frauen die eroti-

schen Bedürfnisse des Sultans befriedigen müssen, und dass ihnen bei Verweigerung harte Strafen drohen, wie du leider am eigenen Leib spüren musstest.

Was also könnte dich zu dem Gedanken veranlassen, dass es hier bei mir anders sein wird? Ich könnte viele Dinge aufzählen, die dir zeigen würden, dass die Befriedigung meiner erotischen Bedürfnisse für mich nicht im Vordergrund steht... dass ich niemals irgendeine Frau dazu drängen oder zwingen würde... Jedoch denke ich, dass es für dich nur Worte wären... Worte, die du noch nicht glauben kannst und die deshalb das von dir durchlittene Unrecht und die daraus entstandene Angst kaum mildern können. Ich frage mich: Was nützen dir zu diesem Zeitpunkt Worte, die deinen bisherigen Erfahrungen total widersprechen?

So brauchst du wohl zunächst etliche neue, andere Erfahrungen, bevor du Worten glauben kannst. Und diese will ich dir gern schenken.

Liebe Selina, Du wirst hier Erfahrungen machen, die dir zeigen werden, dass du mir vertrauen kannst. Ich will und ich werde dich niemals zwingen etwas zu tun, was du nicht willst. Irgendwann wirst du erkennen, dass du hier bist, weil deine Seele es aus einer liebevollen Absicht heraus so will. Wir beide haben eine Verabredung miteinander. Sei sicher, ich will dich in keiner Weise verletzen!   *In Liebe Raoul*

Die Kraft der Liebe bemerkt:

Nachdem Selina diesen Brief gelesen hatte, war es ihr möglich, einige Lichtstreifen am Horizont hinter ihrer Angst zu entdecken.

Ihr Bild eines harten, unbarmherzigen Mannes, das sie sich auf Grund ihrer Vorerfahrungen auch von diesem Sultan gemacht hatte, geriet ganz langsam ins Wanken.

MEIN Einfluss, die Macht der Liebe, ließ sie nach langer Zeit erstmalig etwas aufatmen. Dankbar für die Güte und das Verständnis des Sultans schrieb sie ihre Gedanken und Gefühle in ihr Tagebuch.

Erleichterung

Selina schreibt in ihr Tagebuch:

*Es ist überstanden...
Und es war gar nicht so schlimm... Irgendwie unfassbar! Trotz
versuchter Flucht keine Strafe! Er hat mir vergeben, ja ich
glaube sogar, er versteht mich ein wenig. Kann das wirklich
sein?*

*„Vorsicht!" sagt eine Stimme in mir. „Er ist ein Mann, ein Herr-
scher! Er kann nach wie vor mit dir machen, was er will."
Die Stimme hat sicher recht! Ich muss unbedingt vorsichtig
sein – mir keine falschen Hoffnung machen! Eine darauf folgende Enttäuschung würde mir den Boden unter den Füßen
weg ziehen! Wer weiß schon, wie lange diese großmütige Hal-
tung noch anhält... Irgendwann wird seine Geduld erschöpft
sein, wenn er bemerkt, dass ich ihm trotz aller Freundlichkeit
nicht das geben kann, was von einer Haremsfrau zu erwarten
ist. Wie schade, dass er auf meine Idee, eine andere Aufgabe
zu erfüllen, vielleicht als Putzfrau oder in der Küche, nicht ein-
gegangen ist.
Er hat gesagt: „Im Harem ist für dich hier der einzige sichere
und passende Ort." Warum nur hat mich mein Schicksal in diese Situation gebracht? Es ist so furchtbar!*

*Er hat mir wieder versichert, dass er nichts tun, nichts fordern,
nichts erzwingen wird, was ich nicht möchte. Auf seine Frage
„Glaubst du mir?" konnte ich allerdings nicht antworten. Die
Wahrheit („Nein!") konnte ich doch nicht sagen aus Angst, ihn
nun doch noch zu erzürnen. So blieb ich still, aber er wusste
es dennoch. Trotzdem kam kein böses Wort über seine Lippen. Wie ist das nur zu verstehen?*

*Dann kam diese merkwürdige Aufforderung, ich solle malen.
Ich möge mir irgendetwas suchen hier im Palast oder im Garten, was ich schön finde und dazu ein paar Farben, die meiner
Gefühlslage bei diesem Anblick entsprechen, auf Papier bringen.*

Dabei kann ich doch gar nicht malen! Da ist wieder diese Angst zu versagen, ihn zu enttäuschen und schließlich damit doch zu verärgern.

Aber das ist eine Aufforderung, der ich zumindest versuchen kann zu folgen. Ja, ich werde Farben auf Papier bringen! Wenigstens meinen guten Willen soll er sehen!

Und ich werde auch herum gehen im Palast und im Garten und danach Ausschau halten, was mir hier an schönen Dingen begegnet. Auch diesem Wunsch von ihm kann ich Folge leisten. Und ich werde aufschreiben, was mir gefällt, sonst vergesse ich es wieder in den bangen Minuten, in denen ich vor ihm sitze.

Vielleicht sollte ich ihm auch einen Brief schreiben, so wie er es mir angeboten hat... mal sehen, ob mir irgendetwas einfällt, was ich ihm schreiben könnte. Er ist mir so fremd... Was könnte ich da schreiben?

Malen... Schreiben... Dass ein Sultan solche Dinge von mir wünschen würde, hätte ich nie und nimmer erwartet! Ein merkwürdiger Mensch! Ein Sultan, der sich die Mühe macht, so viel über eine Frau nachzudenken und ihr sogar einen Brief – einen freundlichen Brief (!) – schreibt... Das muss schon ein besonderer Mensch sein.

Ich werde versuchen, Worte zu finden, um ihm auch einen Brief zu schreiben. Ich könnte mich bei ihm bedanken für seinen Großmut, für seine Geduld, die er zumindest bisher gezeigt hat...

Die Kraft der Liebe erzählt –
und ein Brief an den Sultan entsteht

So kam es, dass Selina ihr Herz ein kleines Stückchen öffnete und erstmalig aus eigenem Antrieb einen Schritt auf den Sultan zu ging in Form dieses Briefes:

Verehrte Hoheit!

Verzeihen Sie bitte, wenn diese Anrede nicht korrekt ist. Ich habe noch nie an einen Sultan geschrieben und weiß daher über die richtige Form nicht so recht Bescheid.

Mit diesem Brief möchte ich mich bei Ihnen bedanken für ihre Großzügigkeit, mir meinen Fluchtversuch ohne Bestrafung zu vergeben, sowie auch für Ihren freundlichen Brief.

Sie haben Verständnis gezeigt für meine große Angst – das ist sehr viel. Auch dafür DANKE.

Ich habe oft Mühe, in Ihrer Gegenwart Worte zu finden.
Meine Schweigsamkeit in diesen Momenten stellt aber keine Ablehnung oder Respektlosigkeit dar, sie resultiert aus der Unsicherheit und Angst, die in mir ist. Ich fühle mich meistens fürchterlich beklommen, bin wie zugeschnürt...
Vielleicht ist es gut, wenn Sie das wissen.

In Ehrerbietung

Selina

Die Kraft der Liebe erzählt:

Als dem Sultan am nächsten Morgen dieser Brief gebracht wurde und er ihn beim Genuss seiner Wasserpfeife in aller Ruhe las, durchzog ein Lächeln seine ohnehin meist freundlichen, gelassenen Gesichtszüge - und er bekam eine Idee, an der ICH, die Kraft der Liebe, durchaus nicht unbeteiligt war:

'Selina berührt mich sehr in ihrer Verletzlichkeit, in ihrer Angst und ihrem mutigen Bemühen, dennoch ehrlich zu sein', überlegte er.' Ich werde die Briefe sammeln und mir auch selbst Aufzeichnungen über unsere Begegnungen machen. Es ist sicher später mal schön für uns, das nachlesen zu können. Sie ist irgendwie eine ganz besondere Frau – und ich glaube und hoffe immer mehr, dass aus unserem Miteinander etwas Heilsames für sie entstehen könnte. Was in meiner Macht steht, will ich jedenfalls dazu beitragen!

So kam es, dass der Sultan alles, was ihm am Herzen lag, schriftlich niederlegte, und auch eine Art Tagebuch über die Treffen mit Selina führte.

Kostbare Schätze

Die Kraft der Liebe erzählt:

Als Selina am nächsten Tag das Zimmer des Sultans betrat und sich vor ihm nieder kniete, bemerkte er, dass sie ein zusammengerolltes Blatt Papier in ihrer Hand hielt.

„Steh bitte auf und setz dich zu mir", forderte der Sultan sie auf. Nur zögernd setzte sie sich in einiger Entfernung von ihm hin.

„Ich sage es dir gern immer wieder, Selina: Du brauchst keine Angst vor mir zu haben.Setz dich bitte einfach neben mich. Du willst mir doch ganz sicher etwas zeigen," und er wies auf das Blatt Papier in ihrer Hand, „das wird dir aus dieser Entfernung etwas schwer fallen."

Selinas Augenlider flatterten, während sie den Sultan kurz ansah, dann rückte sie näher zu ihm heran.

„Erzähle mir, was du heute gemacht hast, was du gesehen hast, was dir in meinem Palast oder im Garten gefallen hat..." bat sie der Sultan und lächelte sie freundlich an, „und zeige mir, was du mir mitgebracht hast. Ich vermute, es ist ein Bild, das du gemalt hast?"

Selina rollte das Papier auseinander. Der Sultan nahm es vorsichtig in die Hand.

„Das ist wunderschön. Es wirkt auf mich durch die grüne Farbe sehr frisch und gleichzeitig beruhigend. Und die bunten Farbkreise verbreiten in dieser Ruhe auch eine stille Freude. Es sieht aus wie ein grünes, leicht bewegtes Meer mit bunten Inseln. Es ist dir sehr gut gelungen!" Der Sultan strich vorsichtig mit der Hand über die punktförmigen Erhebungen auf den Farbinseln.

„Darf ich das Bild behalten?" fragte er. „Ich würde es gerne im Säulengang des Palastes aufhängen lassen - dorthin, wo auch schon die anderen Bilder hängen." Er sah Selina fragend an.

Ihre Augen trafen sich für einen Moment, bevor sie wieder auf ihre Hände sah. „Ja, natürlich können Sie es behalten," sagte sie leise.

Sorgfältig legte der Sultan das Bild auf einen niedrigen Tisch, der neben ihm stand.

„Die Bilder, die du im Palast gesehen hast, wurden von den Frauen gemalt, die heute im Harem leben und inzwischen so ausgelassen, fröhlich und liebevoll sind, wie du es sicher schon manchmal beobachten konntest. Als sie hier bei mir ankamen, waren die meisten genauso verletzt und ängstlich wie du jetzt... Viele von ihnen hatten davor schlimme Erlebnisse - ähnlich wie du," sagte der Sultan leise.

„Aber erzähle mir, was du alles Schönes gesehen hast." forderte er Selina erneut auf.

Sie schwieg für einige Momente, bevor sie zu reden begann: „Ganz besonders hat mir der Palmenhain mit dem See gefallen – der, der kurz vor der Begrenzung ihres Palastgartens ist. Dort habe ich lange gesessen und die Ruhe dieses Ortes genossen. Es war sehr schön dort. Schließlich ging ich durch den Garten. Manche Blumen dort haben mir ganz besonders gut gefallen. Ich liebe Blumen..."

Selina blickte den Sultan an, und ihre Augen hatten einen seltenen Glanz bekommen. „Und die Bilder in den Säulengängen des Palastes finde ich auch wunderschön. Wenn ich mein Bild dagegen betrachte... Ich kann doch gar nicht malen!" sagte sie.

„Das sehe ich ganz anders als du, Selina." sagte der Sultan mit einem Seitenblick auf das neben ihm liegende Bild. „Aber auf meine Sichtweise kommt es nicht an. Wichtig ist, dass **du** dein Ergebnis annehmen kannst. Es ist hilfreich, wenn du lernst, dich und deine Gefühle kennen und lieben zu lernen und sie in Worten, in Farben oder in Tönen auszudrücken."

Selina sah den Sultan mit großen Augen an, und er fuhr fort: „Du hast mir einen Brief geschrieben, über den ich mich sehr gefreut habe, weil du darin offen über dich geschrieben hast. Du hast mir mitgeteilt, dass du dich in meiner Gegenwart ängstlich und unsicher fühlst.

Diese Gefühle, die du jetzt hier bei mir ganz intensiv erlebst, sind sicher auch mit Angst-Gefühlen aus der Vergangenheit verbunden. Deshalb fühlen sie sich so heftig an.

Ich vermute, dass durch deine Angst und Unsicherheit viele andere Gefühle, die auch in dir sind, kaum gefühlt werden können - Gefühle wie Neugier, Freude, Lebendigkeit, Liebe..., die genauso in dir zu Hause sind wie die zur Zeit gerade sehr übermächtige Angst, die noch fast alles überlagert. Deswegen habe ich dich auf die Suche nach den schönen Dingen geschickt, damit du wieder ein Gefühl für Schönheit um dich herum und auch in dir bekommst.

Ich möchte dich dazu anregen, in den nächsten Tagen und Wochen weiterhin deine Augen offen zu halten und deine Aufmerksamkeit auf das zu richten, was du hier schön findest. Gern kannst du es malen oder aufschreiben und mir zu unseren Treffen mitbringen. Das werden für mich kostbare Schätze sein, die wir dann abends miteinander hier teilen. Und vielleicht wird es irgendwann auch etwas in deinem Inneren oder zwischen uns beiden geben, was du schön findest – ich meine in Worten, Gefühlen, Gedanken..."

Langsam und zögernd hob Selina ihren Blick und sah ihn zum ersten Mal etwas länger als sonst an.

„Ja", das will ich tun," antwortete sie leise.

Erste Berührungen

In den folgenden Wochen konnte Selina erkennen, dass sie sich auf das verlassen konnte, was ihr versprochen worden war. Niemals wurde sie zu irgendetwas gezwungen. Im Gegenteil - sie wurde darin unterstützt, das zu tun, was ihr gut tat und Freude machte. In den abendlichen Begegnungen erfuhr sie stets Anteilnahme und Verständnis und bekam so manch interessante Geschichte zu hören.

Auch der Auftrag, nach Schönheit Ausschau zu halten und diese Schätze abends miteinander zu teilen, tat ihr gut, und sie achtete weiterhin täglich darauf, etwas Schönes zu entdecken, was ihr in dem geschmackvoll gestalteten Palast und dem üppigen Garten nicht schwer fiel.

Und ohne dass es ihr zunächst bewusst wurde, gab es auch Momente in den Begegnungen mit dem Sultan, die sie schön fand.

Eines Abends fragte er sie: „Kannst du dich noch an deine Kindheit erinnern? An Situationen, in denen du dich ängstlich oder unsicher gefühlt hast? Wenn dann deine Mutter oder dein Vater dir vielleicht liebevoll über deinen Kopf gestreichelt hat?" Während der Sultan sprach, legte er seine Hand ganz sacht auf ihren Arm und streichelte sie sanft. Kannst du dich noch an das Gefühl erinnern, das du bei solch einer Berührung hattest?" Fragend sah er Selina an. „Hast du als Kind damals Vertrauen gespürt? Gab es, wenn du dich unsicher fühltest so etwas wie eine Zusage, dass alles in Ordnung ist, dass du keine Angst haben musst, dass du beschützt bist... Erinnerst du dich an so etwas oder etwas ähnliches?"

Selina schloss bei seinen Worten ihre Augen und schien für einige Momente ganz weit weg zu sein. Schließlich antwortete sie: „So etwas geschah nicht sehr oft, aber ab und zu strich meine Mutter mir über´s Haar. Das fand ich sehr schön!"

„Wie wäre es, wenn du jetzt einfach mal spürst, wie es ist, wenn ich dir auch – genauso liebevoll – über deinen Kopf streichle... Darf ich?"

Nachdem Selina ihr Einverständnis durch ein kurzes Nicken zum Ausdruck gebracht hatte, begann er, ihr einige Male behutsam und langsam über den Kopf zu streichen. Dann ließ er seine Hand noch einen Moment auf ihrem Kopf liegen, bevor er sie wieder auf ihren Arm legte. „Das Gefühl war jetzt anders, oder?" fragte er.

„Ja", sagte Selina leise. „Da ist immer auch Angst in mir." Sie sah ihn an.

„Das verstehe ich, Selina." sagte der Sultan leise. „Du bist noch viel zu sehr in deiner Angst gefangen, als dass du diese Berührung von mir als schön empfinden kannst. Könntest du ein wenig mehr Vertrauen zu mir haben, wäre deine Angst wahrscheinlich schon kleiner, du könntest die Gefühle hinter deiner Angst erkennen und sie nach und nach immer etwas mehr zulassen."

Selina schwieg, sie zog ihren Arm, den der Sultan immer noch sanft streichelte, jedoch nicht weg.

„Ich würde dir sehr gern helfen, wieder zu entdecken, dass Berührungen auch schön sein können. Weißt du, Selina, es gibt in jeder Seele ein tiefes Bedürfnis, eine Sehnsucht nach Verbundenheit, die unter anderem auch durch körperliche Nähe und Berührung ihren Ausdruck findet. Ich bin sicher, auch tief in dir gibt es dieses Bedürfnis. Natürlich empfindest du nach all den schrecklichen Dingen, die du erlebt hast, keine Sehnsucht nach Berührung und körperlichen Kontakt, aber ich bin überzeugt, sie ist, irgendwo in dir verborgen, auch da! Du hast durch das, was bei Sultan Ohmada geschehen ist, schmerzlich gelernt, Berührungen zu fürchten. Vielleicht hat dich das Schicksal deshalb hierher geführt, damit du die Möglichkeit bekommen kannst zu lernen, wohltuende Berührungen wieder zuzulassen und sie sogar nach und nach auch zu genießen.

Ich weiß, ich weiß – das hört sich gerade unvorstellbar für dich an. Die Angst vor Körpernähe und Berührungen, besonders durch einen Mann ist noch allzu übermächtig. Sie muss da sein dürfen und liebevoll angenommen werden, um dir irgendwann nicht mehr im Wege zu stehen. Und so sage ich dir: Bei mir ist sie willkommen. Ich will alles tun, dass sie sich angenommen und ernst genommen fühlt. Sie darf da sein! Sie will gesehen, ausgedrückt und angenommen werden, um heilen zu können. Ich glaube tatsächlich, deshalb hat dich das Leben hierher geführt..." "Der Sultan sah Selina einen Moment lang sinnend an.

„Ich möchte dir in aller Achtsamkeit und Vorsicht etwas anbieten: Wie wäre es, wenn ich dich in nächster Zeit etwas mehr berühren würde, Selina? Du könntest jederzeit deine Grenzen setzen – und du kannst auch ganz und gar „nein" zu meiner Idee sagen. Ich werde es respektieren! Glaube mir, während ich das sage, weiß ich, wie stark ich deine Angst allein schon mit dieser Idee berühre. Ja, es wird für dich wahrscheinlich zunächst überwiegend beunruhigend und beängstigend sein. Doch deine derzeitigen Gefühle könnten sich verändern. Ich vertraue darauf, dass sich deine Angst nach und nach legen wird, wenn sie erlebt, dass dir nichts Schlimmes passiert, und dass sie hier einen Raum voller Annahme und Liebe findet, in dem Heilung geschehen kann. Ich möchte dich also fragen, ob ich dich bei unseren nächsten Treffen ganz sacht berühren darf. Es wird mit Sicherheit immer behutsam sein. Das verspreche ich dir!

Ich stelle mir das so vor, dass du überwiegend deine Augen schließt, während ich dich ein wenig berühre und du dabei versuchst, nur auf deine Empfindungen zu achten, die dabei entstehen. Vielleicht entdeckst du auch andere Gefühle hinter deiner Angst. Und sobald dir eine Berührung unangenehm sein sollte oder deine Angst zu stark wird, sagst du mir das, und ich werde darauf sofort dementsprechend reagieren. Es wäre schön, wenn du uns erlauben könntest, gemeinsam deiner Angst in ganz kleinen, für dich stimmigen Schritten Heilung zu schenken. Immer wieder könntest du dabei die Erfahrung machen, dass deine Wünsche und Grenzen stets respektiert werden - und vielleicht würde dabei nach und nach ein Stück Vertrauen wachsen..." Der Sultan sah Selina freundlich an. "Könntest du dir vorstellen, das auszuprobieren?"

„Ich weiß nicht... ich..." Selina brach ab und schwieg. Sie war wie erstarrt – unfähig weiter zu sprechen. Ihre Hände zitterten.

35

„Ich mache dir einen Vorschlag, Selina." Der Sultan nahm ihre unruhige Hand behutsam in seine. „Du kannst dir das in aller Ruhe durch den Kopf gehen lassen, oder vielleicht noch besser, es in deinem Herzen bewegen." Er lächelte. "Ich persönlich glaube, es wäre gut, wenn du in dir wenigstens ein kleines Stück Bereitschaft zu solch einer heilenden Erfahrung finden könntest, doch ich möchte betonen: Du kannst dich völlig frei entscheiden! Ich werde dich niemals zu etwas drängen oder gar zwingen. Du bist frei in deiner Entscheidung. Du könntest dich beispielsweise auch dafür entscheiden, erst einmal nur zu einer einzigen gemeinsamen Begegnung dieser Art ja zu sagen und etwas auszuprobieren, ohne dich auf weitere Erfahrungen dieser Art festzulegen. Wichtig ist mir dabei vor allem eins: Es soll für dich gut sein! Du entscheidest für **dich** – nicht für mich! Du bist mir zu nichts verpflichtet! Nur wenn du weißt, dass du auch nein sagen kannst – und dies jederzeit – kannst du auch ein wirkliches Ja in dir finden, und sei es auch nur ein ganz kleines." Verständnisvoll schaute der Sultan die verängstigte, zarte junge Frau an.

„Hmm…, ich will es mir überlegen," sagte sie, hob langsam ihren Blick bis sie seinen gütigen Augen begegnete, sah ihn dabei kurz an und wendete ihren Blick schnell wieder ab.

„Ich danke dir." sagte der Sultan. „Und ich glaube, für heute beenden wir damit unser Gespräch – es war viel für dich, nicht wahr?"

Selina nickte und verließ ohne einen weiteren Blick zu ihm den Raum.

Eine schwere Entscheidung

Die Kraft der Liebe erzählt:

Mehrmals hatte sich Selina bereits verzweifelt gefragt, warum sie in diese Situation geraten war. Nun hatte ICH ihr durch den Sultan eine Antwort geschickt.

Ihre Berührungsangst vor Männern entstand übrigens nicht erst durch Ohmada. Er hatte sie lediglich in diesem Leben neu erweckt. Diese Thematik begleitete sie schon durch einige vergangene Leben, und nun war die Zeit gekommen, in der ihre Seele ihr den Anstoß gab, anders und neu damit umzugehen. Sultan Raoul wollte ihr dabei helfen. So war es auf Seelenebene zwischen den beiden schon lange verabredet. Deshalb hatte ICH, die Kraft der Liebe, die beiden zusammengeführt.

Wie war das nun in diesem letzten Gespräch? Ob Selina MICH in seinen Worten, in seiner Stimme, in seinen Augen ein wenig hat durchschimmern sehen können? Wenigstens ein winziges bisschen? Sie dachte intensiv über seine Frage nach: Konnte, wollte sie damit einverstanden sein, sich von ihm berühren zu lassen? Es fiel ihr schwer, auf diese Frage eine Antwort zu finden. Unaufhörlich kreisten ihre Gedanken darum an diesem Abend.

Selina schreibt in ihr Tagebuch:

Er will mich streicheln, berühren... behutsam... Ich soll die Augen dabei schließen... Was will er ? Was hat er mit mir vor? Oh, mein Gott hilf mir! Ich soll sagen, ob ich damit einverstanden bin... Wie kann ich das – wo alles in mir vor Angst zittert?!

Ich will mich nicht von einem Mann berühren lassen... nie wieder! Es war so entwürdigend, so eklig, voll Pein und Schmerz – damals bei Ohmada....

Ja, damals war es so, bei Ohmada... Gestern das Streicheln am Kopf war eigentlich nicht unangenehm... vielleicht sogar ein bisschen schön...

Aber was kommt dann? Ich fürchte mich davor!
Dabei muss ich zugeben, dass dieser Sultan hier bisher stets freundlich und rücksichtsvoll zu mir war. Und dann die Zusage, sich ganz nach meinen Wünschen zu richten – ob sich das wirklich auch bei körperlicher Nähe als wahr erweisen wird? Ob ich ihm glauben kann?

Soll es tatsächlich einen Mann geben, der liebevoll ist? In seinem Brief schrieb er am Ende »In Liebe Raoul« Was hat er damit gemeint? Was sollte das? Hat er sich dabei etwas gedacht – oder schreibt er das so immer... ohne tieferen Sinn... Und welche Art Liebe meint er? Kann ein Mann überhaupt Liebe fühlen? Besonders bei körperlicher Nähe – gehen da nicht automatisch die tierischen Instinkte, die männliche Gier, mit ihm durch? Oh Gott, ich habe solche Angst, dass es nun wieder so los geht wie bei Ohmada... Oder könnte es vielleicht tatsächlich anders sein? Ist dieser Sultan hier... Raoul... besonnener?

Was soll ich nur tun? Ja oder Nein sagen zu diesem Vorschlag? Wenn ich zustimme, könnte es schlimm werden, aber wenn ich seine Wünsche nach Berührung ablehne, was dann?

Er sagte, es wäre gut, wenn ich wenigstens ein kleines Stück Bereitschaft zu solch einer Erfahrung finden könnte...
Wenn ich nun keinerlei Bereitschaft dazu habe - was dann?
Bestrafen wird er mich nicht... Strafen gäbe es hier nicht – sagte er. Sogar nach meiner Flucht strafte er nicht. Nein, brutal und grausam ist er wirklich nicht...
Aber was soll ich dann für ihn noch für einen Wert haben, wenn ich mich nicht von ihm berühren lassen will...?
Möglicherweise würde er mich bei einem »Nein« auf seine Frage verkaufen. Und ob mich ein anderer Herrscher genauso freundlich behandeln würde, ist unwahrscheinlich.
Ich glaube fast, besser als hier kann ich es in diesem Land kaum antreffen. Es würde eher wieder viel schlimmer werden... Nein, das Risiko, weiter verkauft zu werden, will ich unbedingt vermeiden. Also: Ja sagen zu seinem Vorschlag? Es ist mit dieser heftigen Angst im Bauch so schwierig...

Gott, was soll ich nur tun? Schick mir doch bitte irgendein Zeichen!

Unerwartete Hilfe

Die Kraft der Liebe erzählt:

So grübelte die verzweifelte Selina stundenlang hin und her. Ihre Bitte nach einem Zeichen nahm ICH gern auf, indem ich eine der Haremsfrauen dazu anregte, „die Neue", die sich auch nach Wochen ihres Hier-Seins immer noch abseits hielt, in ihrem Zimmer zu besuchen. Am leichtesten konnte ich Mira, eine der etwas älteren Haremsfrauen, erreichen. Sie empfing meine Energie als Mitgefühl für die junge, zarte Frau mit den traurigen Augen.

Jetzt am Abend erhielt sie den dringenden Impuls von MIR, der Kraft der Liebe, ihre neue Mitbewohnerin aufzusuchen, um ihr ein wenig Freundschaft und Wärme zu vermitteln.

Zunächst erschrak Selina, als es an ihrer Tür klopfte. Zögernd öffnete sie die Tür und wunderte sich, als eine der Frauen davor stand, denen sie bisher immer aus dem Weg gegangen war. Aber dem freundlichen Blick aus den dunklen Augen Miras konnte sich Selina nicht entziehen und war bald auch ein wenig froh über den unerwarteten Besuch.

Mira konnte sie gut verstehen, weil sie – wie Selina bald erfuhr – früher in einer sehr ähnlichen Situation war. Sie erwähnte, dass der Sultan stets liebevoll und geduldig mit ihr umgegangen sei – und keine der anderen Frauen hätte je etwas anderes erzählt. Ja, sie beglückwünschte Selina, dass sie hier an diesem guten, friedvollen Ort angekommen sei, und versuchte ihr Mut zu machen, dem Sultan zu vertrauen.

ICH tat mein Bestes, um Mira zu inspirieren, die Worte zu finden, die Selina erreichten. Und tatsächlich fühlte diese sich nach dem Besuch Miras ein wenig beruhigt, so dass sie nun auch endlich (das erste Mal seit langer Zeit) einmal wieder gut schlafen konnte.

Am nächsten Morgen sorgte ICH dafür, dass Mira sie zu einem Spaziergang im Garten abholte, wo sie noch zwei andere Frauen kennen lernte, von denen sie auch unerwartet freundlich begrüßt wurde.

39

Raoul, der diese Begegnungen mit den anderen Frauen von Ferne beobachtete, freute sich, als er das eine oder andere vorsichtige Lächeln in Selinas Gesicht sehen konnte. Ja, ganz langsam begann sich alles in die gewünschte Richtung zu entwickeln...

ICH tat mein Bestes, um zu verhindern, dass Selina bis zum Abend viel Zeit zum Grübeln hatte.

Schließlich näherte sich die Stunde der abendlichen Begegnung mit Raoul. Selinas Herz klopfte zum Zerspringen und wieder bäumte sich die Angst in ihr auf. Welche Entscheidung würde sie treffen? Sollte sie Ja sagen zu seinem Wunsch, sie zu berühren? Oder sollte sie das Wagnis eingehen, Nein zu sagen? Und wenn er sie dann verkaufte...?

Sie wollte inzwischen nicht mehr weg von diesem Ort, an dem sie so unerwartet menschliche Wärme erfahren hatte. Anderswo würde es nur wieder schlimmer sein... Also gut, sie wollte versuchen, sich auf Berührungen des Sultans einzulassen – und betete um Mut und Kraft.

* * *

An diesem Tag dachte auch Raoul oft an Selinas abendlichen Besuch. Er war gespannt auf diese Begegnung und hoffte, dass sie seinen Vorschlag, sie zu berühren, trotz ihrer großen Angst vor körperlicher Nähe, annehmen würde.

Allerdings ahnte er nichts von ihrer Angst, verkauft zu werden, wenn sie mit seinem Vorschlag nicht einverstanden wäre. Hätte er davon gewusst... lieber hätte er ihr ehrliches Nein als ein Ja entgegen genommen, das nur aus innerer Bedrängnis heraus entstanden war – aus der Angst, diesen freundlichen Ort wieder verlassen zu müssen...

Mittlerweile hatte Selina ja erleben können, dass es hier anders war, als zuvor bei Sultan Ohmada - und wahrscheinlich auch anders als bei anderen Herrschern.

Es war noch Zeit, und er läutete nach Raja, die unmittelbar darauf erschien und sich neben ihn kniete. „Was hast du für einen Wunsch, Raoul?" fragte sie und sah ihn liebevoll an. „Sei so gut, und massiere mich ein wenig. Es ist noch Zeit, bis Selina hier erscheint, und mein Rücken könnte eine Behandlung durch deine wundervollen Hände gerade sehr gut gebrauchen."

Gern erfüllte ihm Raja seinen Wunsch – sie war schon lange bei ihm, kannte ihn sehr gut und fühlte sich ihm auf eine unkomplizierte Weise nah und vertraut.

Selinas Entscheidung

Die Kraft der Liebe erzählt:

Schließlich kam die Stunde der abendlichen Begegnung. Selina betrat das Zimmer des Sultans und setzte sich nach der Begrüßung einer Geste von ihm folgend neben ihn.

Sie trug heute ein hübsches, weißes Kleid, das hinten zusammengebunden war und ihre Schultern bedeckte.

„Wie geht es dir?" fragte der Sultan, worauf sie nicht gleich antwortete.

„Danke, es geht so..." sagte sie dann zögernd.

„Ich hatte dich gestern gefragt, ob du dich damit einverstanden erklären könntest, dass ich dich berühre. Du erinnerst dich sicher noch."

Selina nickte. „Ja."

„Und zu welcher Entscheidung bist du gekommen?"

Selina sah ihn groß an, als ringe sie immer noch mit einer Entscheidung. „Ja, ich bin damit einverstanden, mich berühren zu lassen," sagte sie dann unendlich leise.

Der Sultan spürte die Angst, die ihr diese Zusage machte, fast körperlich und legte ihr beruhigend seine Hand auf ihren Arm und streichelte sie fast unmerklich.

"Ich weiß, wie schwer dir diese Entscheidung gefallen ist, Selina, und ich finde es sehr mutig von dir, dass du trotz all deiner Ängste JA gesagt hast." Mitfühlend nahm er ihre Hand und drückte sie sanft.

„Ich kann mir gut vorstellen, dass du dich fühlst, als würdest du vor einem unendlich hohem Berg stehen, den du überwinden musst. Schau dir nicht den ganzen Berg an, sieh nicht bis zum Gipfel. Lass uns immer nur den nächsten Schritt anschauen und tun. Ich werde dafür sorgen, dass es jeweils nur kleine Schritte sind. Ein Schritt ist nicht so viel, nicht so hoch.

Mit viel Zeit und Ruhe werden wir ohne große Anstrengung auf der anderen Seite ankommen. Da bin ich ganz zuversichtlich."

Einen Moment lang dachte er nach. Dann sprach er weiter: „Lass uns heute einen ersten kleinen Schritt tun. Dazu bitte ich dich, dass du dich mir gegenüber setzt."

Unsicher sah Selina den Sultan an, tat dann aber, was er von ihr verlangte.

"Lass mich dir erklären, was wir jetzt meine Idee ist, Selina. Wir sitzen uns gegenüber und reichen uns die Hände. Dann schließen wir beide unsere Augen und öffnen sie dann, wenn wir das Gefühl haben, sie öffnen zu wollen. Dabei ist es nicht wichtig, ob wir es zur gleichen Zeit tun oder nicht. Jeder entscheidet für sich, wann er seine Augen öffnen möchte. Dann schauen wir uns in die Augen – auch so lange, wie jeder von uns mag... Das wird sozusagen unsere erste Berührung sein – eine Berührung unserer Händen und Augen." Der Sultan schaute Selina an. "Bist du damit einverstanden?"

Sie nickte und reichte dem Sultan ihre Hände. Sofort schloss er seine Augen, was ein Gefühl von Erleichterung in ihr auslöste. Es tat gut, nicht gesehen zu werden. Auch sie schloss nun ihre Augen.

Natürlich spürte der Sultan das Zittern ihrer Hände. Er hatte nichts anderes erwartet und verstärkte ein wenig den Druck seiner Hände, wobei er ihr den Gedanken sendete: "Ich HALTE DICH – und ich verstehe dich. Es ist in Ordnung, dass du Angst hast, ich bin dir ganz und gar wohl gesonnen."

Nach und nach wurde es in der jungen Frau ruhiger. Sie überließ ihm ihre Hände und spürte einen Hauch von Wohlbefinden. Irgendwie tat es gut, ihre Hände einfach fallen zu lassen und sie von ihm halten zu lassen. Sie hatte seinen leichten Händedruck wohl wahrgenommen und fühlte sich auf seltsame Weise verstanden und getröstet. Eine angenehme Gedankenstille breitete sich in ihr aus...

Plötzlich fiel ihr ein, dass sie ja nach einer gewissen Zeit die Augen öffnen sollte. Wie lange hatte sie wohl schon so selbstvergessen da gesessen? Ob er wohl schon ungeduldig darauf wartete, dass sie ihm in die Augen schaute? Schnell öffnete sie ihre Augen und bemerkte, dass er sie bereits betrachtete. War es ihr zu spät eingefallen, die Augen zu öffnen?

Die Ruhe, die sie mit geschlossenen Augen erstmalig in seiner Gegenwart empfunden hatte, war schlagartig vorbei. Es fiel ihr enorm schwer, ihre Augen nicht schnell wieder zu schließen – so groß, so dunkel, so machtvoll erschienen ihr seine Augen. Immer wieder musste sie den Blick senken und sich mit neuer Willensanstrengung zwingen, ihn wieder anzuschauen.

Tränen traten ihr in die Augen, und sie begann wieder zu zittern. Als Raoul dies spürte, beendete er die Übung. Freundlich sah er sie an. "Ich danke dir, dass du dich auf diese erste Berührung mit Händen und Augen eingelassen hast, Selina. Was hast du dabei empfunden – und wie fühlst du dich jetzt?"

Sie sagte verzweifelt: „Es fiel mir schwer, Ihnen in die Augen zu schauen. Es ist mir nicht gut gelungen. Wenn ich schon hierbei versage – wie soll das nur weiter gehen?"

Ruhig antwortete der Sultan, immer noch ihre Hände haltend: „Wie kommst du darauf, dass du versagt hast? Dass du überhaupt versagen könntest? Es geht hier doch nicht darum, eine Leistung zu erbringen oder irgendeinen Anspruch oder Erwartung zu erfüllen. Außerdem hast du mich immer wieder trotz aller Schwierigkeiten, die du hattest, angeschaut. Dafür danke ich dir von Herzen! Das, was heute geschehen ist, war total in Ordnung so und sehr mutig von dir. Es gibt gar nichts, was nicht in Ordnung sein könnte, denn jedes Gefühl darf gefühlt werden.

Du kannst also gar nicht versagen, und du darfst immer aussprechen und zeigen, was in dir ist. Dazu lade ich dich ganz herzlich ein! Möchtest du mir erzählen, was du vorhin beim Anschauen gefühlt hast?"

Sie dachte nach. „Ihre Augen waren mir unheimlich..." Sie stockte. Durfte sie das sagen? War er ihr jetzt böse? Vorsichtig hob sie ihren Blick. Seine Augen schauten sie nach wie vor freundlich, gelassen und interessiert an und ermutigten sie, weiter zu reden.

„Ich hatte das Gefühl, Sie würden mir bis in meine Seele blicken, und das war schwer für mich auszuhalten."

Raoul nickte: „Ja, das verstehe ich gut, denn durch die Augen berühren wir unsere Seelen. Mit mehr Vertrauen wird das sicher leichter werden für dich. Noch fehlt Vertrauen zu mir und vor allem zu dir selbst. Aber das wird wachsen im Laufe der Zeit. Da bin ich ganz zuversichtlich!"

Dankbar für seine freundlichen Worte drückte sie ein wenig seine Hand.

„Vielleicht kannst du es dir noch nicht vorstellen, aber ich bin ganz zuversichtlich... Du wirst hier mit mir neue Erfahrungen machen und kannst mit der Zeit für dich neue durchaus angenehme Gefühle entdecken. Du musst wirklich keine Angst haben, Selina, mir ist es wichtig, dass du neue und wohltuende Erfahrungen machst und dabei entdeckst, wie schön es sein kann, berührt zu werden."

Ermutigt durch die freundlichen Worte und mehr noch durch seine warmherzige Stimme hob sie ihren Blick.

„Es ist alles gut, Selina." sagte der Sultan und streichelte ganz sanft ihre Wange.

Ein kleines Licht

Selina schreibt in ihr Tagebuch:

Es tut gut, dass ich hier in meinem Tagebuch meine Gefühle nieder schreiben kann. Ich bin ziemlich durcheinander. Inzwischen bin ich dem Sultan richtig dankbar, dass er es mir geschenkt hat. Und für seine Geduld und sein Verständnis empfinde ich auch Dankbarkeit, nicht nur Dankbarkeit, auch Erstaunen... Als ich mein Einverständnis gab, mich von ihm berühren zu lassen, hätte ich nicht gedacht, dass er sich heute erst einmal mit einem Blick- und Handkontakt begnügen würde. Mit den Augen berühren... na ja leicht war es ja gerade nicht, aber es hätte viel schlimmer kommen können. Dass wir uns dabei an den Händen hielten, tat sogar irgendwie ein bisschen gut. Meine Hände verrieten mich total, sie zitterten vor Angst, und er merkte das – er verstärkte den Druck seiner Hände ein wenig. Dabei hatte ich fast den Eindruck, als ob er mir mit seinen Händen Trost und Halt geben wollte. Ja, ich kann es kaum glauben, das fühlte sich irgendwie gut an... Es ist ein eigenartiges Gefühl, meine Angst nicht verbergen zu können, zu wissen, dass er wahrnimmt, was in mir vor geht – und dass er mich darin weder verspottet noch bestraft, sondern liebevoll und behutsam mit mir umgeht.
Was ist das nur für ein Mann?!
Könnte es sein, dass sich andere Berührungen von ihm auch nicht so schlimm anfühlen, wie ich es jetzt noch befürchte...?
Könnte es sein, dass er Recht hat, wenn er sagt, alles würde ganz anders kommen, als ich es mir jetzt vorstelle?
Vielleicht wird ja alles doch nicht so schlimm?!
Wenn ich das doch nur glauben könnte...

Ach Gott, ich wünschte, ich könnte so unbefangen und froh sein wie die anderen Frauen hier. Fast beginne ich, es für möglich zu halten, dass es irgendwann einmal so sein könnte. Gott willst du mir wirklich Hoffnung auf eine gute Wendung schenken? Könnte es sein, dass alles irgendwie gut wird – auch wenn ich jetzt noch nicht weiß, wie das gehen kann bei all der Angst, die ich in mir trage? Es kommt mir vor, als hätte ich heute ein winzig kleines Licht in mir entdeckt...

Die Liebe des Lebens und Verletzlichkeiten

Die Kraft der Liebe erzählt:

Am nächsten Morgen beobachtete Raoul, wie Selina mit zwei anderen Frauen durch den Garten spazierte. Sei setzten sich dann auf die Wiese und aßen Früchte, die sie mitgenommen hatten. Er hatte den Eindruck, dass Selina langsam begann, sich in seinem Palast einzuleben - und er freute sich zu sehen, dass sie nicht mehr ständig in ihrer Angst lebte, sondern sie ab und an „vergaß" und sich zunächst noch ganz vorsichtig mehr und mehr an schönen Dingen erfreuen konnte.

Jedoch waren die abendlichen Besuche bei ihm für sie immer noch, wenn auch etwas weniger als anfangs, mit Angst verbunden. Heute gab ICH, die Kraft der Liebe ihm eine Idee, wie er ihr ein Stück entgegen kommen konnte, um ihr etwas Erleichterung zu vermitteln...

Bisher gab es keinen Anlass für Raoul, sich in Gegenwart von Selina ganz zu zeigen. Er empfing sie in einem seiner privaten Zimmer, saß dort auf dem Boden, der mit Fellen, Decken und Kissen bedeckt und angenehm weich war. Seine Beine waren mit Stoffen und Tüchern verhüllt. Dadurch konnte Selina bisher nicht sehen, dass sie durch eine Krankheit klein und zart in ihrem Wuchs geblieben sind und vor allem auch sehr zerbrechlich und empfindlich waren. Dies war nur hier im Palast bekannt und schränkte seine Bewegungsfreiheit und Macht keineswegs ein. Für notwendige Wege innerhalb oder außerhalb des Palastes wurde er in unterschiedlichen Sänften getragen oder bewegte sich mit Hilfe von eigens angefertigten Stühlen mit Rädern vorwärts, und ansonsten waren genügend Diener und Dienerinnen damit beschäftigt, ihm alle seine Wünsche zu erfüllen.

ICH ließ ihm nun diesbezüglich folgende Gedanke zufließen:

'Wenn ich Selina in den nächsten Tagen zeigen würde, dass ich körperlich keineswegs so mächtig oder gar überlegen bin, wie sie glaubt... dass ich ebenso wie sie – zumindest körperlich – leicht verletzlich bin, vielleicht könnte sich dadurch wieder ein kleiner Teil ihrer Angst auflösen. Möglicherweise

kann sie dadurch schneller zu mir Vertrauen fassen und mir endlich glauben, dass ich ihr keine Gewalt antun werde.

Und auch wenn sie sich nicht darauf einlassen kann oder will, sich von mir berühren zu lassen, so ist es auch in Ordnung. Manchmal braucht es viel Zeit, manchmal geht es gar nicht. Oft heilt jedoch die Zeit manche Wunden... Ach, das wünsche ich ihr so sehr! Sie möge doch das Leben mehr und mehr schön finden können! Wenn ich ihr doch dabei helfen könnte...'

* * *

Von dem kleinen Hoffnungsschimmer, den Selina am Vorabend gespürt hatte und ihrer Fröhlichkeit am Morgen im Garten, war in ihrer Begegnung mit dem Sultan am Abend leider nicht mehr viel zu spüren. Sie fühlte ihre Angst sehr deutlich, während sie vor dem Sultan kniete.

„Steh bitte auf, Selina, und setz dich neben mich," forderte Raoul sie freundlich auf. Auch er konnte ihre ängstlichen Gefühle spüren, nahm ihre Hand in seine und schaute sie freundlich an. „Keine Sorge, Selina, ich verspreche dir, dass hier nichts geschehen wird, was du nicht möchtest. Und du darfst und sollst mir jederzeit gleich sagen, falls ich etwas falsch einschätze und du irgendetwas als unangenehm empfinden solltest. Denn ich will mein Möglichstes tun, dass das nicht geschieht!"

Selina spürte, wie ihre Augen sich bei diesen freundlichen Worten mit Tränen füllten. Sie schluckte einige Male und vermied es, den Sultan anzuschauen.

„Ich habe mir gedacht," fuhr der Sultan fort, „dass wir noch einmal das Ritual des gestrigen Tages wiederholen. Ich glaube, dass es ganz hilfreich für dich ist, mit deiner ganzen Seele hier bei mir anzukommen. Im Gegensatz zu gestern möchte ich das Ritual aber ein wenig verändern, da dich der Augenkontakt doch ein wenig verunsichert hat."

Er schaute Selina liebevoll an. „Heute kannst du dir vorstellen, dass wir einander etwas mit den Händen geben wollen. Dazu öffne ich zuerst meine Hände, und du legst deine mit den Handflächen nach unten auf meine. Dann schließen wir beide

48

die Augen, und du lässt all deine Gefühle, die du im jeweiligen Moment spürst, gedanklich durch deine Hände fließen. Stell dir dabei einfach vor, du würdest all das in die starken, liebevollen Hände des Lebens... oder Gott... oder irgendeiner anderen liebevollen Macht geben, welchen Namen du ihr auch immer geben willst.

Dann, wenn du spürst, dass du alles hast hinein fließen lassen, was du abgeben möchtest, drehst du deine Hände um und wirst damit zur Empfängerin. Ich werde dir dann stellvertretend für das Leben die Energien schenken, die für dich im Moment hilfreich sind. Das könnte beispielsweise Vertrauen, Liebe, Mut, und Freude – die verschiedensten Kräfte sein. Welche es im Einzelnen sind, müssen wir gar nicht so genau wissen, das Leben weiß es - und ich diene dem Leben in diesem Fall nur als Überbringer. Bist du damit einverstanden?"

Selina hatte den Sultan, während er sprach, interessiert zugehört. Sie nickte: „Ja, aber schadet es Ihnen nicht, wenn Sie auch meine schwierigen Gefühle von mir bekommen?" fragte sie.

Raoul lächelte. „Es ist sehr rücksichtsvoll von dir, dass du dir um mich Gedanken machst. Aber da können wir dem Leben getrost vertrauen. Ein wenig konntest du ja schon erleben, auf welch wunderbare Weise es oft wirkt, und wie sinnvoll es unsere Wege bestimmt. Mach dir darüber keine Sorgen! Ich sitze hier nur als Stellvertreter des Lebens, meine Person nimmt dadurch nichts auf."

Selina setzte sich ihm gegenüber und legte ihre Hände auf die des Sultans. Sie nahm einen tiefen Atemzug und schloss ihre Augen.

Der Sultan blickte sie noch einen Moment lang liebevoll an, ehe auch er seine Augen schloss und sich auf seine Hände konzentrierte.

Vor Selinas inneren Augen zogen bruchstückhaft die verschiedensten Erinnerungen vorbei. Sie sah ihren Vater und ihre Mutter, sie sah noch einmal die schrecklichen Bilder ihres brennenden Elternhauses, spürte die Scham und Angst der Szenen beim Sultan Ohmada...

Sie atmete regelrecht auf, als ihr im Geist dann die dunklen, warmen Augen des Sultans Raoul begegneten. Schließlich fühlte es sich an, als würde sich ein sanfter Frieden wie ein schützender Mantel über all ihre Erinnerungen legen...

Raoul spürte Selinas Hände leicht zittern, und er drückte sie sanft, wie um ihr zu verstehen zu geben, dass sie in allen schwierigen Situationen von ihm gehalten würde. Von Zeit zu Zeit zuckte sie merklich zusammen, und er fragte sich, welch schreckliche Erinnerungen sie gerade bewegte, die solche körperlichen Reaktionen hervor riefen. Er hatte das Gefühl, sein Herz würde mit jedem Atemzug wachsen und die Gefühlsdichte nahm ihm fast ein wenig den Atem. Bewusst sagte er gedanklich JA zu seiner Rolle als Stellvertreter des Lebens. Ja, all das, was sie fühlte, durfte durch ihre Hände in seine Hände, die die Hände des Lebens symbolisierten, zurück fließen ins große Ganze und sich auf diese Weise Stück für Stück von ihr lösen.

Nach und nach wurde Selina ruhiger, und irgendwann löste sie ihre Hände aus seinen und drehte sie mit den Handflächen nach oben. Behutsam legte Raoul seine Hände darauf. Dann ließ er alle Gedanken los und überließ sich dem Fluss des Lebens, um Selina alle guten Kräfte zufließen zu lassen, die sie brauchte...

Erst nach einer geraumen Weile öffnete Raoul seine Augen und blickte auf eine völlig gelöste Selina. Er nahm ihre Hände in seine, zog Selina behutsam ein Stück näher zu sich heran, umarmte sie sehr vorsichtig und langsam, so dass sie immer noch hätte zurück weichen können. Als er spürte, dass sie sich auf die Umarmung ohne Widerstand einlassen konnte und wollte, sagt er: „Das Leben liebt dich, Selina!"

Langsam löste er die Umarmung wieder und sprach weiter: „Und ich will gern ein Diener des Lebens sein, der achtsam mit dir die Wege gehen möchte, die das Leben in seiner unendlichen Weisheit und Liebe für dich vorgesehen hat. Ich weiß, dass ich all deine schlimmen Erfahrungen, Verletzungen und Erlebnisse nicht ungeschehen machen kann, sie werden immer Teil deines Lebens bleiben. Aber ich möchte dir gern zeigen, dass das Leben auch sehr viel anders - liebevoller und lebensfroher sein kann. Hier bei mir kannst du neue Wege für dich finden. Du wirst links und rechts des Weges all die Schönheiten des Lebens entdecken können, und du wirst immer die Wahl haben, wohin du deinen Fuß lenken und worauf du dein Auge richten möchtest."

Während er sprach, hatte er noch Selinas Hand gehalten. „Wie fühlst du dich?" fragte er.

Selina hob ihren Blick und sah den Sultan eine ganze Weile an, bevor sie antwortete.

"Ich habe mich während des Rituals am Anfang ziemlich hin und her gerissen gefühlt. Mir gingen viele Bilder vergangener Erlebnisse durch den Kopf - und das berührte und verstärkte meine Angst. Erst nach und nach beruhigte sich alles in mir. Es vermittelte mir ein eigentümliches Gefühl von Frieden, als Sie Ihre Hände auf meine gelegt haben." Sie machte eine kleine Pause, als würde sie nach innen lauschen und spüren...

„Es ist sehr schön hier in Ihrem Palast, aber manches Mal fühle ich mich doch auch sehr verloren." Forschend schaute sie ins Gesicht des Sultans, ob Sie aufgrund ihrer Worte Züge von Missmut in seinen Augen erkennen konnte, aber der Sultan schaute sie gleichbleibend freundlich an.

"Es klingt für Sie sicher merkwürdig aus meinem Mund, aber ich habe mich heute zum ersten Mal anders gefühlt, als Sie mich umarmt haben..., es war ein bisschen... wie endlich irgendwo angekommen zu sein, wo es gut sein kann..." Sie zögerte.

Der Sultan drückte ihre Hände. "Danke, Selina, dass du mir das erzählt hast. Ich kann mir vorstellen, dass es dir nicht leicht gefallen ist. Aber ich bin sehr froh darüber und möchte dich bitten, mir auch immer wieder davon zu erzählen, wie du etwas in unserem Miteinander erlebst – wenn du es kannst."

In diesem Moment verrutschte die Decke, mit der er seine Beine bedeckt hatte, und Selina nahm wahr, dass der Sultan auffällig zarte, kleine und schmale Beine und Füße hatte.

„Darf ich eine Frage stellen?" Sie sah Raoul unsicher an.

„Du darfst mich alles fragen." Der Sultan ahnte bereits, was jetzt kommen würde.

„Was ist mit Ihren Beinen geschehen?"

„Es ist eine angeborene Krankheit der Knochen. Meine Beine sind sehr empfindlich und vor allem leicht zerbrechlich. Ich hatte in meiner Kindheit und Jugend bereits viele Knochenbrüche."

Voller Mitgefühl sah Selina den Sultan an. „Ich würde Ihnen gern etwas Gutes tun. Darf ich Ihre Füße und Beine ganz sanft massieren?"

„Wenn du das möchtest..." antwortete er, „...gern! Ich möchte dich allerdings bitten, wirklich sehr, sehr vorsichtig zu sein."

Selina setzte sich zu seinen Füßen, während der Sultan sich hinlegte. Sie legte ihre Hände auf seine Füße und schloss für einen Moment ihre Augen. Dann begann sie, in ganz langsamen kreisförmigen Bewegungen seine kleinen zerbrechlichen Füße zu massieren...

Selten hatte der Sultan eine so sanfte, behutsame Massage erlebt. Es grenzte für ihn schon fast an ein Wunder, wie es ihr gelang, ihn deutlich spürbar, wohltuend und gleichzeitig außerordentlich behutsam und achtsam zu massieren.

Und sie berührte mit ihren Händen nicht nicht nur seine Beine, sondern auch seine Seele...

Etwas geben können

Selina schreibt in ihr Tagebuch:

Was ist das nur für ein Mann?! Er strahlt Güte und ein Verständnis aus, das mich beeindruckt. Vielleicht kann er deshalb so sein, weil er selbst schon durch Leid gegangen ist. Die Tatsache, dass er nicht laufen kann und in vielem auf Hilfe angewiesen ist, hat ihn gewiss durch Gefühlstiefen geführt, die es ihm nun ermöglichen, sich gut in schwierige Gefühlslagen anderer Menschen einzufühlen.

Wie erstaunt war ich, als ich wahrnahm, dass seine Beine so zart und schwach sind. Das ist merkwürdig... es löste in mir ein fast zärtliches Gefühl aus. Nun kann ich ihm wenigstens auch etwas geben, das ich gern tue - ich kann seine Beine und Füße massieren. Und ich glaube, meine erste Massage hat ihm sogar ein bisschen gut getan. Wie er dort lag mit geschlossenen Augen und völlig entspannten Gesichtszügen, da war plötzlich gar keine Angst mehr in mir, nur das Gefühl, ihm auch etwas Gutes tun zu wollen.

Wenn ich an die Begegnung davor denke, an dieses Ritual mit den Händen – das war außergewöhnlich! Inzwischen frage ich mich, ob ich hier wohl bei einem Heiler oder etwas in der Art angekommen bin. Der Moment, in dem er mich in seinen Armen hielt, war richtig schön! Gehalten werden, Sicherheit empfinden, beschützt werden... das war es, was ich in seinen Armen fühlte, jedenfalls in diesem einen Moment. Da waren alle anderen Gedanken und Ängste einmal weg. Es wäre schön, wenn er mich öfter so in den Armen hielte - einfach nur so - ohne alles, was Männer gewöhnlich dann sonst noch von Frauen wollen! Ob ich ihm das sagen oder irgendwie zeigen kann? Wenn ich nur ganz sicher sein könnte, dass er das nicht falsch versteht! Wenn ich nur wirklich sicher sein könnte, dass es dann auch bei solchen Umarmungen bleibt! Vielleicht sollte ich ihm das genau so sagen - mit dieser Grenze, die in mir ist, mit diesem "Bitte nicht mehr!"

Aber auf Dauer wird es ihm sicher nicht ausreichen, mich nur zu umarmen, sich nur die Füße und Beine von mir massieren

zu lassen. Er wird mehr wollen... Hat er ja auch gesagt: „Mit der Zeit können sich auch deine Gefühle verändern, Selina..."
Aber er hat "können" gesagt, nicht "müssen"...

Sicher, etwas haben sie sich bereits geändert. Ich finde ihn fast sympathisch, möchte im Gegensatz zu den ersten Tagen auch nicht mehr unbedingt hier weg. Wenn ich nicht diese Rolle als Haremsfrau hätte, würde ich fast richtig gern hier sein. Es könnte für mich fast so etwas wie ein neues Zuhause werden. Hmm – was denke ich da?

Mit ihm könnte ich mich vielleicht wohl fühlen, wenn nicht diese furchtbare Angst wäre. Sie ist ja trotz allem Guten, was ich hier erlebe, dennoch vorhanden. Ich will das, was ich mit Ohmada erlebt habe, nie mehr tun müssen – nie mehr! Hörst du Gott? Nie mehr! Nie mehr!!!

Vielleicht könnte ich ihm sogar das sagen... Vielleicht könnte ich tatsächlich offen mit ihm über all das reden... Vielleicht könnte er mich mit all meinen widersprüchlichen Gefühlen annehmen... Vielleicht könnte er mein "NIE MEHR!" verstehen... vielleicht...

Und die Kraft der Liebe lächelte
und sprach in Selinas Gedanken hinein:

"Nein Selina, SO nie mehr! Aber vielleicht ganz anders...
Und sicher erst dann, wenn du es selbst willst!"

Das Versprechen

Die Kraft der Liebe erzählt:

Und so kam es, dass Selina am nächsten Tag wieder einmal sehr aufgeregt zu ihrem abendlichen Treffen mit dem Sultan ging. Sie kniete vor ihm nieder, bis er sie wie jedes Mal aufforderte, aufzustehen und sich neben ihn zu setzten.

„Wie fühlst du dich heute, Selina?" war seine erste Frage, und als sie ihn kurz ansah, hatte sie das Gefühl, dass er ihr bis auf den Grund ihrer Seele sah und möglicherweise bereits alles wusste, was sie bewegte...

„Mir geht es ganz gut..." wich sie aus und wagte es nicht, den Sultan wieder anzuschauen.

„Ich habe das Gefühl", sagte Raoul, „dass dich etwas in deinem Innersten sehr bewegt, du aber Mühe hast, darüber zu reden. Ist das so?" Freundlich schaute er ihr in die Augen.

Selina nickte nur und versuchte die Tränen, die ihr bei diesen einfühlsamen Worten kamen, zu unterdrücken.

„Darf ich dich in die Arme nehmen, Selina?", fragte Raoul.

Ohne darauf etwas zu sagen rückte Selina ein wenig näher an ihn heran und nickte leicht. Für einen Moment gelang es ihr noch, ihre Tränen zu unterdrücken, dann aber, in der Wärme seiner Umarmung, lösten sie sich und sie weinte in seinen Armen.

„Weine ruhig, Selina. Lass all die Tränen fließen. Hier darfst du dich so zeigen wie du bist. Mit all deinen Gefühlen bist du hier bei mir willkommen! Und du kannst dir immer ganz sicher sein, bei mir stets offene Arme zu finden, die dich in all deinen Gefühlen gerne halten und beschützen - und ein offenes Herz, dass sich nichts sehnlicher wünscht, als dass es dir hier gut geht!"

Während Raoul sprach, strich er ihr sanft über Schultern und Rücken und wartete geduldig, bis ihre Tränen versiegten.

Mit seinem Taschentuch trocknete er ihr behutsam ihr trä-nennasses Gesicht.

„Weinen ist anstrengend." Raoul legte ein paar Kissen ne-ben sich. „Was hältst du davon, wenn du dich ein wenig hin-legst, Selina? Du brauchst keine Sorge haben... ich werde hier sitzen bleiben."

Das Weinen hatte Selina wirklich sehr erschöpft und dank-bar legte sie ihren heißen, schmerzenden Kopf auf die zurecht-gerückten Kissen.

„Und nun kannst du mir vielleicht in aller Ruhe erzählen, was dich so sehr in deinem Inneren beschäftigt? Wenn du mich dabei nicht anschauen willst, was ich durchaus verstehen kann, dann schau doch einfach, während du redest, an die De-cke oder wohin auch immer. Du kannst auch gern die Augen dabei schließen. Mach es so, wie es für dich am leichtesten ist. Und du kannst dir ganz sicher sein: Was immer du mir sagst – es ist in Ordnung. Ich will dich einfach nur verstehen!"

Selina schwieg lange und Raoul ahnte, dass sie trotz all seiner Zusagen immer noch Zweifel an seinen Worten hatte. Wie oft wohl musste sie in der Vergangenheit erfahren haben, dass sie sich auf Worte nicht verlassen konnte? Er legte seine Hand behutsam auf ihre, wie um ihr zu zeigen, dass sie wirk-lich ganz sicher sein könne.

„Unser gestriges Treffen hat mich sehr bewegt", begann Selina. „In der Umarmung habe ich erstmals etwas gespürt, was ich wohl viele Jahre lang vermisst hatte. Ich fühlte mich ir-gendwie ... sicher in ihren Armen... beschützt... Ich konnte ein wenig loslassen, musste einen Moment lang nicht aufpassen, ob mir etwas Schlimmes geschehen würde. Zum ersten Mal konnte ich wahrnehmen, wie schön es war, mich etwas fallen zu lassen - nur einen Moment lang. Dann kam gleich meine Kontrolle zurück, und ich musste wieder aufpassen... Verste-hen Sie, was ich meine?" Selina sah zum Sultan empor.

„Ich verstehe dich sehr gut, Selina. Glaube mir, ich kenne das Gefühl, immer aufpassen zu müssen..."

„Ich schrieb gestern in mein Tagebuch und fühlte rückbli-ckend, wie gut es mir einen Moment lang ging in ihrer Umarmung. Und im Grunde würde ich mir wünschen, dass Sie mich... öfter so umarmen würden...

Aber ich habe große Angst davor, dass es nicht bei diesen Umarmungen bleibt - dass Sie dann mehr wollen... Und Sie wollen ja sicher auch mehr! Ich bin ja ihre Haremsfrau... Aber das kann ich nicht! Ich will nie wieder so etwas erleben, wie bei Sultan Ohmada! Nie wieder!" betonte Selina.

Der Sultan nickte. „Ich verstehe recht gut deinen Zwiespalt, Selina. Und ich bin dir wirklich sehr dankbar, dass du dich getraut hast, so offen mit mir darüber zu reden." Raoul lächelte Selina an. „Ich wünsche mir sehr, dass du unsere Umarmungen ohne Angst erleben kannst. Deswegen verspreche ich dir, dass es - so lange du es willst - wirklich nur bei der Umarmung bleibt. Kannst du mir das glauben?" fragte Raoul.

„Und was ist, wenn sich meine Gefühle nicht ändern, und ich niemals mehr will, als dass wir uns einfach nur umarmen?" Selina schaute den Sultan forschend an.

„Dann wird es so sein, Selina. Eine Umarmung von Herzen ist ein wunderbares Geschenk! Ich würde mir niemals etwas mit Gewalt nehmen oder dich in irgendeiner Weise unter Druck setzen, um etwas mit dir zu erleben, was du nicht selbst möchtest. Das ist es nicht, was ich will! Ich möchte von dir nur das bekommen, was du mir aus freien Stücken wirklich geben kannst und willst. Und vor allem will ich, dass du dich hier wohl und sicher fühlst!"

Er konnte sehen, wie Selina tief atmete bei seinen Worten und sprach weiter: „So habe ich es bisher immer in meinem gesamten Harem gehalten. Keine der Frauen ist je von mir genötigt oder gar gezwungen worden, etwas zu tun oder geschehen zu lassen, was für sie nicht stimmig ist.

Jede gibt mir das, was ihren Bedürfnissen und Gaben entspricht – und alle sind auf diese Weise zufrieden und froh. Und die Bedürfnisse passen in zauberhafter Weise immer irgendwie gut zusammen. Der absolute Verzicht auf jede Art von Druck ist vielleicht mein kleines magisches Geheimnis." Der Sultan schmunzelte.

„Was hältst du denn von der Idee, Selina, dass wir unsere Treffen von nun an immer mit einer Umarmung beginnen? Anstatt dass du vor mir nieder kniest, setzt du dich gleich einfach neben mich und wir nehmen uns zur Begrüßung in die Arme. Wäre das nicht ein schöner Anfang unserer Begegnungen?"

Selina hatte sich, während Raoul sprach, ein wenig aufgerichtet, um ihn besser sehen zu können. Und obwohl sie nur zaghaft nickte, war deutlich zu spüren, wie erleichtert sie über den Verlauf dieses Gespräches war.

Welches Wagnis – und welch ein Geschenk für sie beide, dass sie sich dem Sultan Raoul in ihrem Zwiespalt anvertraut hatte…

„Weißt du was, Selina," Raoul reichte ihr die Hand, und sie richtete sich auf. „Wir beide umarmen uns jetzt noch einmal in aller Ruhe, und dann genießen wir gemeinsam den wunderschönen Sonnenuntergang…"

Traum oder Wirklichkeit?

Die Kraft der Liebe erzählt:

Selina schrak auf, als es an ihrer Zimmertür klopfte. Angst stieg in ihr hoch und ihr Herz schlug bis zum Hals, als sie zögernd „Herein" rief. Dutzende Bilder vergangener schlimmer Episoden schossen ihr durch den Kopf, als sich die Tür langsam öffnete und ein groß gewachsener, stattlicher Mann ihr Zimmer betrat.

„Vater, du!" rief die überraschte Selina, sprang aus ihrem Bett und lief auf ihn zu.

„Vater…, ach Vater" konnte die aufgeregte junge Frau nur rufen, dann versank sie in den ausgebreiteten Armen ihres Vaters. „Jetzt wird alles wieder gut! Jetzt kann ich endlich wieder nach Hause… Du bringst mich doch nach Hause, Vater?!"

Jonatan, ihr Vater, hielt Selina in seinen Armen und strich ihr beruhigend über das Haar. „Alles wird gut, mein lieber Schatz… Alles wird gut!" Und als würden diese Worte in Selina Schleusen öffnen, begann sie in den Armen ihres Vaters hemmungslos zu weinen. Ihre ganze Angst, all die Anspannung der letzten Jahre brachen aus ihr heraus und machten sich in den Tränen Luft. Und ständig flüsterte sie unter Tränen die Worte ihres Vaters „Alles wird gut!"

Erst nach einer ganzen Weile beruhigte sich Selina. Ihr Vater lockerte behutsam seine Umarmung und sah seiner Tochter zärtlich in die Augen. „Es wird wirklich alles gut, Selina! Aber du weißt, dass ich dich nicht nach Hause bringen kann, nicht wahr?"

Ohne ihre Antwort abzuwarten fuhr er fort: „Unser altes Zuhause gibt es nicht mehr, aber es wird für immer in deinem Herzen und in deiner Erinnerung weiter leben, Selina."

„Ich weiß, Vater," antwortete Selina unter Tränen. „Aber im ersten Moment… Der Gedanke war so schön, dass wir beide wieder nach hause zurück könnten!"

59

Sie sah ihrem Vater ins Gesicht und durch ihre tränenden Augen wirkte er noch strahlender als jemals zuvor. „Du hast mir so gefehlt, Vater! In all den schwierigen Momenten habe ich deine Gelassenheit, deine Weisheit, deine ruhige Bestimmtheit und deine schützende Anwesenheit so sehr vermisst! Nie war jemand da, den ich um Rat hätte fragen können, kein Mensch bewahrte mich vor all diesen schrecklichen Geschehnissen! Es war so schlimm, oh Vater, so schlimm..."

Selina barg ihr Gesicht in seinen Armen und begann erneut zu weinen.

„Ich weiß, Selina..." Er nahm seine Tochter fester in den Arm und strich ihr beruhigend über die Haare, „...und so gerne wäre ich der Mensch gewesen, der dich vor diesen Erfahrungen bewahrt hätte, aber es hat nicht sollen sein. Umso mehr bin ich froh und dankbar, dass uns heute das Wunder einer Begegnung miteinander geschenkt wird. Ich liebe dich so sehr, Selina. Immer habe ich dich aus meinem tiefsten Herzen geliebt, auch wenn ich dir das auf Grund meiner Erziehung und meiner Lebensumstände niemals deutlich zeigen konnte. Lange Zeit habe ich mir deswegen große Vorwürfe gemacht."

Jonatan sah seiner aufmerksam lauschenden Tochter in die Augen, und sie konnte darin den Schmerz erkennen, den er deswegen erlitten haben musste.

Nach einer Weile fuhr ihr Vater fort: „Aber da, wo ich jetzt bin, weiß ich, dass alles... dass wirklich alles in unserem Leben einem guten Sinn folgt, auch wenn dies für uns als Menschen oft nicht oder erst sehr spät im Rückblick erkennbar wird, und sich häufig vieles nicht gut anfühlt. Manchmal geschieht es allerdings, dass wir inmitten der Geschehnisse und Zufälle einen roten Faden in allem wahrnehmen können. Dann wird für uns erkennbar, dass wir nur auf diesen, manchmal schmerzhaften Wegen an den Ort gelangen konnten, an dem wir uns gerade befinden. Für dich bedeutet es, dass deine Zeit bei Sultan Ohmada sein musste, um zu Sultan Raoul zu gelangen und hier Güte und Liebe zu erfahren. Verstehst du?" Jonatan sah Selina fragend an.

Zögernd nickte sie. „Ein Stück weit – ja... Aber es ist für mich schwer verständlich, dass der Weg zu einem Ort des Friedens über Erlebnisse voller Schmerz, Scham und schlimme Angst führen musste, Vater."

„Ja, Selina. Für uns ist es schwer verständlich. Aber es geht im Leben eben nicht nur darum, von einem Ort zu einem anderen zu gelangen. Da spielen viele andere Aspekte mit hinein, die wir überhaupt nicht überschauen können. Das Leben ist vielleicht vergleichbar mit einem großen Mosaik. Wenn du ganz nah an das Mosaik herantrittst, erkennst du nur, dass zum Beispiel auf der einen Seite ein blaues Steinchen und dicht daneben ein grüner Stein liegt. Dazwischen liegen vielleicht drei schwarze Mosaiksteine. Das ergibt keinen Sinn und sähe ohne die schwarzen Teile viel schöner aus, nicht wahr?" Selina nickte.

„Nur aus der Ferne kannst du das ganze Bild wahrnehmen - und glaube mir, du würdest sofort erkennen, wenn die schwarzen Steine durch andersfarbige ersetzt worden wären! Das grüne Mosaiksteinchen steht vielleicht symbolisch für dein altes Zuhause. Die schwarzen Steine stehen für die Zerstörung deiner alten Heimat und deinen Aufenthalt beim Sultan Ohmada. Und jetzt bist du hier, bei Sultan Raoul, was das blaue Steinchen symbolisiert.

Auch wenn ich mir das Bild vom Mosaik gerade erst erdacht habe, so ist eines ganz sicher: Dies hier ist ein heilsamer Ort für die Verletzungen und Ängste, die du in der Vergangenheit erleiden musstest. Noch ist auch hier vieles für dich angstbesetzt, aber du konntest schon Erfahrungen machen, die dir zeigten, dass es hier anders ist, als du es bisher erleben musstest. Es ist an der Zeit, deine sehr alten Verletzungen zu heilen. Dazu hat deine Seele dich an diesen Ort geführt, weil hier ein Mann ist, der behutsam und liebevoll auf deine Angst vor Nähe und körperliche Berührungen eingehen kann.

Warum nun zuvor diese schlimmen Erfahrungen sein mussten, fragst du zu Recht. Mein Liebes, du wurdest zu Sultan Ohmada geführt, damit die Wunden, die noch aus vergangenen Leben stammen, wieder aufgerissen wurden, damit sie dann aus der Tiefe heraus heilen können.

Damit das geschehen kann, hat dich das Leben hierher gebracht, damit das alles nun aus der Tiefe heraus heilen kann. Dieser Ort hier... ist dein neues Zuhause, Selina."

Selina schwieg lange nach den Worten ihres Vaters.

„Ich spüre, dass du Recht hat, Vater. Dennoch fühle ich mich hier immer noch ziemlich fremd – wenn auch nicht mehr ganz so sehr wie bei meiner Ankunft. Doch das alles macht mir große Angst! Der Sultan ist sehr einfühlsam, und ich beginne sogar, ihn sympathisch zu finden. Aber das Wissen, dass ich seine Haremsfrau bin, und die Angst vor dem, was er zwar nicht von mir verlangen wird, aber unausgesprochen vielleicht doch irgendwann von mir erwartet, lässt mich nicht zur Ruhe kommen! Diesen Schmerz, diese Scham möchte ich nie wieder über mich ergehen lassen! Oh, Vater, muss ich das wirklich wieder und wieder durchstehen?! Ist es wirklich wahr, dass ich hier bin, um zu lernen, meine Angst vor Berührungen zu verlieren, um körperliche Nähe zu einem Mann zuzulassen? Gehört das wirklich zu meinem Schicksal? Muss das sein?! "

Selina hielt Hilfe suchend ihren Vater umklammert und ihr Körper wurde von heftigen Weinkrämpfen geschüttelt.

Ihr Vater legte schützend die Arme um seine Tochter und gab ihr in ihrer Verzweiflung den Halt, den sie in diesem Moment so sehr benötigte.

Nur ganz langsam ebbte das Schluchzen Selinas ab.

Dann nahm Jonatan seine Tochter auf den Arm und trug sie in ihr Bett, in das er sie sacht hinein gleiten ließ. Er deckte sie zu, setzte sich dann neben sie und strich ihr sanft übers Haar.

„Es wird ganz anders sein, als du es dir jetzt vorstellen kannst, Selina. Dieses Mal ist es anders! Du bist hier in liebevoller Obhut. Es wird heilen. Ich bin durch Raum und Zeit hierher zu dir gekommen, um dir das zu sagen, mein Liebes! Und ich will dir Mut und die nötige Seelenkraft geben, damit du deine Bestimmung annehmen kannst. Lass es in Ruhe angehen, mein Schatz, und sei dir sicher, der Sultan lässt dir alle Zeit, die du brauchst. Und du hast Hilfe - menschliche und himmlische Hilfe! Das Leben hat dich zu Raoul geführt, weil er ein so großes und strahlendes Herz hat. Es ist Zeit, die alten Wunden zu heilen. Lass es geschehen, du musst nichts dafür tun, nur einverstanden sein. Er wird dir helfen! Hier bist du endlich angekommen, Liebes."

In der Umarmung ihres Vaters fühlte sie eine ihr unerklärliche Ruhe - einen Frieden, der sie tief aufatmen ließ. Sie erkannte, dass das Leben sie hierher geführt hatte, um ihr vielleicht völlig neue Erfahrungen zu ermöglichen. Und in diesem magischen Moment wurde ihr klar, dass nur ihr eigenes Einverständnis in den Lauf der Dinge ihr helfen konnte. Nur indem sie ihr Schicksal annahm, konnte sie Frieden finden. Erschöpft schmiegte sie sich in die Arme ihres Vaters, der ihr sanft die Wange streichelte.

Er begann eine Melodie zu summen, die Selina vertraut war. Wohlige Erinnerungen wurden wach, und wie aus weiter Ferne vernahm sie die Stimme ihrer Mutter, die ihr in Kindertagen dieses wunderbare Schlaflied jeden Abend gesungen hatte... Eingehüllt in die liebevolle Präsenz ihrer Eltern und begleitet von den ihr so vertrauten Klängen des alten Liedes glitt sie von diesem seltsamen Gefühl der Ruhe in einen tiefen, erholsamen Schlaf...

Ein neues Zuhause...

Die Kraft der Liebe erzählt:

Als Selina am nächsten Morgen erwachte, fiel ihr sofort ihr nächtliches Erlebnis wieder ein. Sie setzte sich aufrecht hin und sah zur Tür - und sie hätte sich nicht gewundert, wenn ihr Vater in diesem Augenblick erneut zur Tür herein gekommen wäre... Ihre nächtliche Begegnung erschien ihr so real, dass sie sich fragte, ob es wirklich nur ein Traum war.

"Dieser Ort hier... ist dein neues Zuhause, Selina," hörte sie ihren Vater sagen - und einen Moment lang glaubte sie, ihn regelrecht körperlich zu spüren...

"Mein Zuhause." wiederholte Selina leise.

Sie stand auf, trat zum Fenster, blickte auf den wundervollen Garten des Palastes und lauschte den Geräuschen, die von dort kamen. Manches war ihr inzwischen vertrauter geworden, und viele Male war sie die Wege gegangen, hatte die Pflanzen berührt, den Duft geatmet... Aber es war immer der Garten des Sultans geblieben, schön und dennoch immer auch ein wenig fremd.

Sie war fremd hier.

War sie das?

"Dieser Ort hier ist dein neues Zuhause ..." klang es erneut in ihr. Und sie spürte ganz deutlich, dass diese Worte ihres Vaters in ihr etwas verändert hatten.

Sie spürte, wie sich ihr Herz öffnete und ganz weit wurde und bekam plötzlich unbändige Lust, in den Garten zu gehen, um dort ein Gefühl des Zuhause-Seins unter ihren Füßen wachsen zu lassen und die üppige Schönheit dort erstmalig in diesem Bewusstsein zu betrachten...

Angefüllt mit der Freude über die Schönheit des Gartens, mit ihren nächtlichen Erlebnissen, mit all ihren Gefühlen und Gedanken saß Selina geraume Zeit später am See, ihrem Lieblingsplatz im Palastgarten des Sultans.

Dort wurde sie von Mira gefunden, der ICH genau zur passenden Zeit den Impuls gab, zum See zu gehen. Sie war schon lange hier, kannte den Sultan gut und hatte den Geist der Liebe, der an diesem Ort stark fühlbar war, tief in sich aufgenommen.

Mira war Selina nun schon etwas vertraut - und sie war dankbar ihr hier zu begegnen. Mit ihr, dass wusste Selina, konnte sie offen über ihre nächtliche Begegnung mit ihrem Vater, sowie auch über ihre Ängste reden.

Mira war eine gute Zuhörerin, voll Verständnis und Mitgefühl. Sie sagte anschließend:

„Ich kann dich so gut verstehen, Selina. Auch ich hatte damals große Angst vor körperlichen Berührungen. Aber ich konnte immer wieder erleben, wie sehr in all dem die Liebe spürbar ist. Weißt du, Liebe... ist auch jenes Gefühl, das du spürst, wenn du hier an deinem Lieblingsort am See sitzt, wenn dein Herz weit wird und überfließt... Und glaubst du nicht auch, dass sich in einem solchen Gefühl vieles ganz anders, ja vielleicht sogar angenehm anfühlen kann?"

„Ja, das kann ich mir ein wenig vorstellen.", sagte Selina. „Aber dazwischen fühle ich auch immer wieder meine Angst."

„Das ist nicht verwunderlich," antwortete Mira, „aber glaube mir, die Liebe in den Erfahrungen, die du hier mit Sultan Raoul machen wirst, wenn du sie zulässt, werden deine Ängste mit der Zeit mehr und mehr heilen lassen." Mira sah Selina liebevoll an. „Vielleicht hast du ja Lust, das, was du hier gerade fühlst, auch mit Worten oder Farben auszudrücken. Schreibe mit deiner Seele... male mit deinem Herzen... Selina. Deine Freude an allem Schönen, was du wahrnimmst, wird das Gefühl in dir stärken, dass du hier wirklich ein Zuhause gefunden hast."

„Oh ja, die Idee gefällt mir. Zum Malen hätte ich jetzt Lust. Danke Mira!" Und tatsächlich fand Selina an diesem Tag große Freude daran, ein farbenfrohes Bild vom See am Palmenhain zu malen, mit dem sie schließlich auch zufrieden war. Das Malen und das herrliche Plätzchen am See bewirkte, dass sie sich so wohl und friedvoll fühlte, wie schon lange Zeit nicht mehr...

Magische Momente

Die Kraft der Liebe erzählt:

Selina konnte gerade noch die Farben in ihr Zimmer räumen, dann war es Zeit für die abendliche Begegnung mit dem Sultan. Da sie sehr froh darüber war, dass ihr das gemalte Bild so gut gelungen war, entschied sie sich dafür, es dem Sultan zu zeigen.

Sie betrat seine Gemächer und wollte sich gerade vor den Sultan hin knien, als er sich leise räusperte. Überrascht sah sie auf und blickte in sein schmunzelndes Gesicht. „Ich glaube, diese Art der Begrüßung wollten wir doch ab heute ersetzen. Erinnerst du dich noch, Selina? "

„Ja richtig..." Zustimmend ließ sie sich neben den Sultan nieder und beide umarmten sich.

„Schön, dass du da bist, Selina," sagte der Sultan und sah sie an. „Du erscheinst mir heute irgendwie glücklich. Ich glaube, so habe ich dich noch nie erlebt, wenn du zu mir gekommen bist. Und ich muss sagen, es macht mich sehr froh, dich so zu sehen."

„Ja, ich hatte in der Nacht einen sehr lebendigen Traum, und dieses Erlebnis hat mich tief in meinem Herzen berührt. Der Tag heute erschien mir daraufhin sehr viel heller, und ich fühlte mich so froh, wie schon lange nicht mehr. Und am Nachmittag begegnete mir Mira, die sehr lieb zu mir war und mich auf die Idee brachte, ein Bild zu malen. Sie sagte, ich solle mit meinem Herzen malen..."

Selina sah den Sultan an. „Soll ich Ihnen das Bild zeigen?"

„Ja, ich möchte es gern sehen!" erwiderte der Sultan.

„Ich habe meinen Lieblingsplatz am See gemalt", sagte sie und hielt Raoul ihr Bild hin, auf dem eine Landschaft mit einem Palmenhain und einem See zu erkennen war.

„Das ist wunderschön", sagte der Sultan bewundernd. „Ich erinnere mich noch daran, dass du gesagt hast, du könntest nicht malen…" Der Sultan lächelte, „aber davon ist auch bei diesem Bild nichts zu spüren! Es ist so schön - und ich kann regelrecht fühlen, mit welcher Liebe und Hingabe es von dir gemalt wurde. Dieses Bild hat die Selina gemalt, die ganz im gegenwärtigen Moment versunken war, die sich ihren Gefühlen hingab und mit der Kraft ihrer Herzensliebe dieses wundervolle Kunstwerk geschaffen hat… die Selina, die ich jetzt gerade deutlich in dir spüren kann, und die im Moment, ein wenig verlegen zwar, aber recht offen und strahlend neben mir sitzt."

„Ich glaube Sie übertreiben jetzt!" warf Selina ein. Als ihr Blick jedoch dem des Sultans begegnete, musste sie ebenfalls lächeln. „Aber Sie haben Recht. Es gefällt auch mir sehr gut und … es ging ganz leicht … irgendwie mühelos", sagte Selina fast ein wenig entschuldigend.

„Ich werde es in deinem Zimmer aufhängen lassen, Selina, damit du dich immer wieder an diesen mühelosen Augenblick erinnern kannst – an jenen Moment, in dem dir mit Leichtigkeit etwas gelang, von dem du zuvor geglaubt hast, es niemals zu können," sagte der Sultan nachdenklich. „Vielleicht ermutigt dich dieses Bild und dein heutiges Erlebnis darin, dass dir andere Dinge auf ähnlich leichte Weise gelingen könnten, von denen du heute noch glaubst, dass sie dir sehr, sehr schwer fallen würden."

Als Selina mehrmals schluckte, nahm der Sultan ihre Hand und drückte sie sanft.

„Lass uns einfach einen Augenblick nach dem nächsten erleben. Die Zukunft liegt wie im Nebel vor uns, und weil wir sie höchstens schemenhaft erkennen können, projiziert uns unsere Einbildungskraft schöne oder unangenehme Bilder dorthin, je nachdem, was wir glauben. Aber das ist nur Fantasie. Alles kann anders sein, als du es irgendwann erwartet hast. Oder hast du dir bei deiner Ankunft hier vorstellen können, dass du jemals mit so wohligen und leichten Gefühlen ein solch wunderbares Bild malen würdest?" Raoul sah Selina fragend an.

„Nein, damals hatte ich so große Angst, da wollte ich nur einfach weg von hier…" erinnerte sich Selina.

„Und ich bin immer noch sehr dankbar dafür, dass dir deine Flucht damals nicht gelungen ist," ergänzte Raoul lächelnd.

„Aber etwas ganz anderes. Wir sind jetzt schon ziemlich vertraut miteinander, und du redest mich immer noch mit 'Sie' und 'Sultan' an. Ich möchte, dass du mich in Zukunft mit meinem Namen und mit 'du' anredest. Das mag für dich zunächst etwas ungewohnt sein, aber ich möchte für dich der Mensch „Raoul" sein. Der Sultan bin ich außerhalb des Palastes, und dort hat das auch seine Berechtigung. Hier, und erst recht für dich, bin ich Raoul - einverstanden?"

„Wie Sie... wie du wünschst, Raoul." Selina fiel die ungewohnte Anrede zunächst noch schwer.

„Du hast am Anfang erwähnt, dass du einen sehr lebendigen Traum hattest. Magst du ihn mir erzählen?" fragte Raoul.

„Ja..." sagte sie etwas zögerlich.

„Warte bitte noch einen Moment mit dem Erzählen, Selina. Ich fände es schön, wenn wir ein wenig näher zusammen rücken könnten beim Erzählen. Ich würde mich gern hier gemütlich an mein Rückenpolster lehnen und vielleicht möchtest du an meine Seite kommen, so dass ich ein wenig den Arm um dich legen kann. Ich fand das als Kind schon immer so schön, wenn ich mich an meinen Vater oder meine Mutter lehnen konnte, während wir uns etwas erzählten. Dabei fühlte ich mich so schön geborgen und behütet. Und ich glaube, auch heute tut das mir noch gut. Vielleicht empfindest du es ja auch als angenehm, in dieser Weise beieinander zu sitzen... Wollen wir es versuchen?"

Selina nickte, woraufhin Raoul einladend seinen Arm ausbreitete. Nachdem Selina sich an seiner Seite niederließ und sich zaghaft an ihn lehnte, legte er seinen Arm um ihre Schulter.

„Jetzt bin ich ganz gespannt, was du heute Nacht für einen Traum hattest," sagte Raoul leise...

Vielleicht... ist es wirklich Liebe?

Die Kraft der Liebe erzählt:

„Ich bin mir gar nicht so sicher, ob es tatsächlich nur ein Traum war", begann Selina, „es fühlte sich alles so wirklich, so echt an... Ich hörte ein Geräusch, öffnete meine Augen, und dann stand mein Vater in der Tür. Ich lief auf ihn zu, umarmte ihn - und er war wirklich fühlbar!"

Im Arm von Raoul erzählte Selina, was ihr in der Nacht mit ihrem Vater widerfahren war. Sie schien alles regelrecht erneut zu durchleben, und an manchen Stellen waren ihre Gefühle so heftig, dass ihr die Tränen kamen und sie inne halten musste. Raoul strich ihr dann sanft über die Wange und hielt sie fest in seinem Arm.

Nachdem sie davon erzählt hatte, wie ihr Vater für sie jenes alte Schlaflied sang, begann sie leise eine Strophe davon zu singen, aber schon nach den ersten Worten liefen ihr erneut die Tränen über die Wangen...

Raoul hielt sie einfach nur umarmt, wiegte sie sanft hin und her, und wartete geduldig, bis der Tränenfluss nach einer Weile versiegte.

„Ein wundervolles Erlebnis war das, Selina." sagte er. „Da hat dir dein Vater ein großes Geschenk gemacht. Sicher - auch der ganze Schmerz über den Verlust ist davon wieder berührt worden. Aber sich so sehr geliebt zu fühlen, und es so deutlich gezeigt zu bekommen – das ist wahrlich ein kostbares Geschenk!"

„War es wirklich nur ein Traum, Raoul?"

„Vielleicht war es ein Traum, Selina. Vielleicht war es eine wirkliche Begegnung auf einer anderen Ebene unseres Bewusstseins. Wer vermag das schon wirklich zu unterscheiden? Wichtig allein ist, dass dir dein Vater etwas Wichtiges sagen wollte. Und dann findet unsere Seele Möglichkeiten, es uns mitzuteilen. Dazu benutzt sie Träume, andere Menschen, Bilder, Zufälle... Dir hat deine Seele in der letzten Nacht diese wunderbare Begegnung mit deinem Vater geschenkt, in der er dir das sagen konnte, was ihm zu Lebzeiten nicht möglich war. Das ist schon etwas ganz Besonderes," sagte Raoul liebevoll.

„So hatte ich meinen Vater noch nie erlebt. Ich habe ihn wirklich sehr geliebt, aber er war für mich immer ein wenig unnahbar in seiner Größe." Selina barg ihren Kopf an Raouls Schulter.

„Mein Vater nahm mich selten in den Arm, war nie zärtlich zu mir... Für ihn gab es immer nur das Streben nach dem Höchsten. Disziplin, Leistung und Gehorsam waren ihm sehr wichtig. Ich wollte immer so sein wie er und habe es niemals erreicht. Er hat das nie gesagt, aber spüren konnte ich es... Und dabei hätte ich mir so sehr gewünscht, dass er stolz auf mich ist, dass er mein Bemühen anerkennt... und dass ich von ihm geliebt bin – einfach so..." Selina schluckte. „Doch jetzt weiß ich, er hat mich geliebt!"

„Ich verstehe dich so gut, Selina. Wir selbst sind es oft, die uns kritisieren und manchmal sogar verurteilen. Dann tut es gut, wenn jemand, zu dem man aufblickt, sagt, dass er stolz auf uns ist. Glaube mir, auch ich kenne solche Gefühle."

Bei diesen Worten hatte Selina den Eindruck, dass er für einige Momente mit seinen Gedanken weit weg war, vielleicht in der Vergangenheit... bis er weiter sprach: „Vielleicht ist er auch deswegen auf diese Weise zu dir gekommen, um dir zu sagen, dass er dich immer geliebt hat - und auch stolz auf dich ist - stolz darauf, dass du deinen Weg gehst, wie schwierig er auch immer sein mag. Das finde ich, ist doch eine große Anerkennung!" Raoul sah Selina lange an.

Dann sprach er weiter: "Das Höchste zu erreichen ist für jeden Menschen etwas anderes. Für den einen ist es, ein bestimmtes Ziel in seinem Leben zu erreichen, für einen anderen besteht es darin, einen sportlichen Wettkampf zu gewinnen, für andere wiederum ist es eine besonders gelungene Komposition oder ein herrliches Bild... oder einfach das Bestreben, Liebe und Güte zu leben und dadurch die Welt ein Stück heller zu machen. Das Höchste ist für jeden einzelnen Menschen auch wandelbar, es ändert sich ständig durch die Fertigkeiten und Erfahrungen, die sie erwerben..."

"Stimmt", warf Selina ein, „für mich war es gestern das Höchste, das Bild am See zu malen - solch ein Bild hatte ich vorher nie malen können."

"Ja, Selina, und wichtig ist vor allem, dass es mit Liebe und Freude gemacht wird. Liebe ist die größte Kraft, die es auf der Welt gibt, und sie lässt uns immer wieder etwas Neues erreichen."

"Das fühlt sich so gut an, Raoul! Ich höre dir gern zu!" Selina hob ihre Hand und berührte zum ersten Mal sein Gesicht und strich ihm zart über die Wange.

Eine ganze Weile später sagte sie: "Der Satz von meinem Vater, dass dieser Ort hier mein neues Zuhause sein soll, ist mir den ganzen Tag lang nicht aus dem Kopf gegangen. Und ich habe später regelrecht spüren können, dass die Begegnung mit meinem Vater - und dieser Satz von ihm - etwas in mir berührt haben. Weiß du Raoul, es war so... als wenn mein Vater mir die Erlaubnis gegeben hätte, dass ich mich hier zu Hause fühlen darf... Vorher habe ich mich so sehr nach meinem Zuhause bei meinen Eltern gesehnt. Bei Sultan Ohmada war das fast unerträglich! Und selbst hier, wo es mir von Tag zu Tag besser gefiel, fühlte ich mich immer nur als Gast..."

„Und wie fühlst du dich nun?" fragte Raoul.

Selina überlegte lange. „Ich bin heute mit dem Gedanken durch den Palast und durch den Garten gegangen, mein neues Zuhause zu finden."

„Hast du es gefunden, Selina?"

„Ja, ich glaube... Es ist mir inzwischen alles vertrauter geworden - und die Stelle am See, die ich gemalt habe, die liebe ich! Und nun - hier - jetzt - unser heutiges Beisammensein... ich fühle mich hier irgendwie geborgen, Raoul. Du bist so weise, ähnlich wie mein Vater, und dennoch... es ist hier bei dir so ganz anders... So etwas wie hier habe ich noch nie in meinem Leben gespürt. Vielleicht ist es wirklich... Liebe? Ich weiß es nicht, aber ich spüre, dass es mein Herz berührt..."

Die Waschung

Die Kraft der Liebe erzählt:

„Ich möchte dir heute ein Geschenk machen, Selina," begann Raoul, nachdem sie sich begrüßt hatten. „Du hast es sicher schon bemerkt, ich habe hier einige Dinge stehen..." Raoul wies auf eine Schüssel, Handtücher und einige Fläschchen. „Ich möchte dir gern deine Füße massieren, Selina. Bist du damit einverstanden?"

„Du? Du - der Sultan, möchtest mir, deiner Haremsfrau, die Füße massieren?" fragte Selina ungläubig.

„Ja! Das möchte ich." Raoul schmunzelte. „Kannst du es mir gestatten, dass ich dir die Füße massiere?"

„Und das möchtest du wirklich tun?" fragte Selina.

„Ja," erklärte Raoul, „ich habe selbst so manches Mal erlebt, dass eine Fußmassage etwas Wunderbares ist - und ich möchte, dass du auch einmal diese Erfahrung machen kannst. Ich glaube ich kann es recht gut", sagte er lächelnd.

„Ja... wenn du es willst..." Selina klang immer noch sehr ungläubig und ein wenig verwirrt.

„Das ist schön." erwiderte Raoul. „Dazu möchte ich dir noch etwas erklären. Ich weiß, dass du einen sehr langen und schwierigen Weg zurückgelegt hast, ehe du hier bei mir angekommen bist, der damals auch Verwundungen an deinen Füßen hinterlassen hatte. Deswegen möchte ich damit beginnen, dir deine Füße zu waschen, um sie symbolisch von den Härten deiner Reise, von all den Verletzungen und Demütigungen zu reinigen. Ist das auch in Ordnung für dich, Selina?"

„Ja." Mehr konnte Selina nicht dazu sagen. Sie zog ihre Schuhe aus und setzte sich so hin, dass Raoul bequem ihre Füße erreichen konnte und lehnte sich dann - auf eine Geste von ihm - zurück.

Raoul legte seine Hände auf Selinas Füße und schloss einen Moment lang seine Augen. Anschließend begann er behutsam ihre Füße zu waschen…

Selina sah ihn dort vor sich sitzen, und ein tiefes Gefühl der Dankbarkeit durchströmte sie. Noch nie hatte jemand auf so sanfte und liebevolle Weise ihre Füße berührt, wie es Raoul in diesem Moment tat. Auch wenn er „nur" ihre Füße berührte und wusch, so schien er sie dennoch in ihrem tiefsten Inneren damit zu berühren.

'Der Sultan wäscht und salbt die Füße seiner Haremsfrau', dachte Selina und erinnerte sich an einen Vers aus einem der alten Bücher ihres Vaters. Dort sprach Jesus:

„Ihr wisst, die Herrscher gebieten über ihre Völker, und die Großen lassen sie ihre Macht fühlen. Unter euch soll es nicht so sein. Wer vielmehr unter euch groß sein will, der sei euer Diener; und wer unter euch der Erste sein will, der sei euer Knecht. So ist der Menschensohn auch nicht gekommen, sich bedienen zu lassen, sondern zu dienen…"

Hier erlebte sie „ihren Herrscher" als achtsamen Diener und diese Gleichzeitigkeit von Größe und Hingabe berührte sie zutiefst.

Im Anschluss an die Waschung nahm Raoul ein wohlriechendes Öl, mit dem er ihre Füße einrieb, und begann mit der Massage. Behutsam und sicher strich er über ihre Füße mit seinen Händen, die genau zu wissen schienen, was zu tun war…

Selina fielen bald die Augen zu und sie konnte sich seit langer Zeit tief entspannen. Das fühlte sich so gut an! In ihr tauchte die Frage auf, ob es sich wohl ähnlich anfühlen würde, wenn Raoul nicht nur ihre Füße, sondern auch andere Bereiche ihres Körpers so sicher und behutsam in seine Hände nahm und berührte… Für einen Moment glitt sie in einen Traum, in dem sie angenehme Szenen mit ihm erlebte...

Zum Abschluss der Massage küsste Raoul jeden einzelnen Zeh und ihre Füße, dann legte er seine warmen Hände auf ihren Fußrücken und ließ sie dort noch für einige Minuten liegen.

Selina, die ihre Augen geschlossen hatte, öffnete sie nun wieder, setzte sich aufrecht hin und rückte näher an den Sultan heran. Sie verbeugte sich im Sitzen tief vor ihn und küsste seine Hände. „Danke, Raoul", sagte sie, „...danke! Es war so wunderbar! Vielen, vielen Dank."

Raoul nahm ihr Gesicht zwischen seine Hände und zog sie langsam ganz nah an sich heran, bis sich beide an der Stirn berührten. So hielt er sie eine ganze Weile. „Auch mir hat die Massage sehr viel gegeben, Selina," sagte er. „Du hast so zarte Füße!"

Nach einer ganzen Weile lösten sie sich voneinander, und Selina hatte ein sanftes Strahlen in ihren Augen.

Sie wusste nicht, wie sie diesen, schwierigen, angstbesetzten Weg weiter gehen konnte, aber sie begann zu ahnen, dass ihr manches vielleicht leichter fallen könnte, als sie bisher dachte.

'Wenn es so ist wie in meinen Träumen,' dachte sie, 'dann müsste es sich gut anfühlen, in seinen Armen zu liegen und von ihm berührt zu werden... Nie hätte ich gedacht, dass ich mir so etwas mal vorstellen könnte. Was ist nur mit mir geschehen?'

Ja, was war geschehen mit Selina?

Sie begann in Raouls liebevoller Obhut ganz allmählich die Mauern abzubauen, die sie um ihr Herz gezogen hatte, um sich vor weiteren Verletzungen zu schützen. So konnte meine Strahlung, die Kraft der Liebe, nach und nach immer mehr ihre Wirkung entfalten...

Am Ende dieses Abends verließ Selina ihren Sultan, mit einem neuen hellen Gefühl in ihrer Brust, und aus ihren Augen strahlte ein leichter Schimmer von Zuversicht.

Wandlungen

Die Kraft der Liebe erzählt:

Es war gut, dass Selina mit der wunderbar entspannenden Fußmassage, die Raoul ihr gab, erneut die Erfahrung machen konnte, dass der Sultan nichts von ihr verlangte, was für sie nicht stimmig gewesen wäre. Im Gegenteil: Sie spürte ganz deutlich sein Bestreben, ihr gut zu tun.

Und so gelang es Raoul auch an diesem Abend mit MEI-NER Hilfe, mit der Kraft der Liebe, eine kleine Veränderung in den Gefühlen der scheuen jungen Frau zu bewirken. Ein langsam sich vollziehender Wandel von Angst in vertrauensvolle Nähe entstand Schritt für Schritt, so dass sie erstmalig - zu ihrem eigenen Erstaunen - wahrnehmen konnte, dass sie es fast bedauerte, als die Zeit der gemeinsamen Abendstunden mit ihm dem Ende zugingen.

Erfüllt von den Erlebnissen dieses Abends schrieb sie ihre Eindrücke und Gefühle nieder:

Selina schreibt in ihr Tagebuch:

Die Fußmassage und vor allem auch das berührende Ritual der Waschung – das war heute ein ganz besonderes Erlebnis für mich! Es fühlte sich so an, als hätte Raoul durch die Füße mit meinem ganzen Körper Verbindung aufgenommen. Als er sie umfasst hielt, hatte ich das Gefühl, er hielt MICH in seinen Händen – beschützend, liebevoll und achtsam. Seine Hände scheinen etwas ganz Besonderes zu sein... sie strahlen so viel Liebe aus. Das war ein ganz besonderer Moment... Und wie gut tat es mir, als er mich anschließend in seine Arme nahm...

Ich mag es inzwischen tatsächlich, wenn wir gemütlich nebeneinander angelehnt sitzen und er seine Arme um mich legt. Da ist viel Geborgenheit zu spüren, die mir irgendwie gut tut.

Ja, ich freue mich schon auf unseren nächsten Abend! Ich wünsche mir, wieder in seinen Armen liegen zu dürfen und diese Geborgenheit, diese Kraft, die von ihm ausgeht, spüren zu können...

Geborgenheit

Die Kraft der Liebe erzählt:

ICH sorgte in den kommenden Tagen dafür, dass Selina nun viel Zeit in der tröstenden, Kraft spendenden Umarmung ihres Sultans Raoul verbringen konnte, ohne dass er irgendetwas von ihr erbat oder gar verlangte, was sie ihm nicht von sich aus geben wollte. Und die Bedingungslosigkeit seiner Liebe wirkte so wie es MEINER Natur entspricht: heilend, stärkend und Vertrauen erweckend.

Er wusste, wie wichtig es war, dass Selina ihr eigenes Wollen entdeckte, und deshalb unterließ er alles, wodurch sie sich in irgendeiner Form gedrängt fühlen konnte. Er genoss die harmonischen Stunden, in der die einst so ablehnende, angstvolle Frau friedvoll neben ihm lag, Kopf und Schultern geborgen in seinen Armen...

Manchmal redeten sie dabei, manchmal schwiegen sie. Vertrauensvolle Gespräche, einträchtiges Schweigen und sanftes Streicheln übers Haar verhalfen Selina dazu, seine körperliche Nähe mit zunehmender Entspannung annehmen und genießen zu können.

Das bereitete den Boden, der erste Gedanken an eigene Bedürfnisse aufkeimen ließ. ICH bestrahlte diese zaghaften neuen Gefühle mit MEINER Kraft, der Kraft der Liebe.

"Liebst du eigentlich alle Frauen in deinem Palast, Raoul?" fragte Selina einmal.

"Ja", antwortete Raoul. "Ich liebe alle Frauen, die hier leben. Mir liegt es am Herzen, dass dieser Palast ein Ort der Liebe ist."

"Und... schlafen auch alle Frauen mit dir?" fragte Selina zögernd weiter.

„Nein, es gibt einige Frauen, die nicht mit mir schlafen - und das ist für mich völlig in Ordnung."

Selina blickte den Sultan fragend an: "Ich dachte bisher, dass jeder Herrscher von all´ seinen Haremsfrauen erwartet, dass sie mit ihm schlafen. Und wenn du sagst, du liebst sie alle..."

"Liebe bedeutet mehr als miteinander zu schlafen, Selina. Manchmal gebietet es die Liebe gerade auch, genau darauf zu verzichten. Das hat dir doch sicher bisher auch gut getan, nicht wahr? Mir ist es weitaus wichtiger, dass wir in unseren Herzen die Liebe gefunden haben, als auf eine körperliche Vereinigung zu bestehen. Ist es nicht unendlich wertvoll, dass sie aus unserem Herzen strahlt und wir allen Menschen mit unserer Liebe offen begegnen können? Wir berühren uns... mit dem Licht der Liebe in unseren Herzen.

Natürlich können auch körperliche Berührungen wunderschön sein - und auch da sind die Ausdrucksmöglichkeiten sehr vielfältig. Das mag manchmal nur eine Berührung der Hände sein, ein Streicheln, eine Umarmung... und manchmal kann auch der Wunsch da sein, ihm ganz nahe zu sein und ihn auch körperlich zu lieben." Raoul schwieg für einen Moment... "Liebe ist so viel mehr als nur miteinander schlafen... so unendlich viel mehr!"

Bei diesen Worten sah Selina ihn erstaunt und fast zärtlich an - und er spürte, wie sie sich näher an ihn schmiegte.

„Hier im Palast gibt es auch einige Kinder", sagte sie. „Sind das alles Kinder von dir?"

Raoul lachte. "Nein, ich habe gar keine Kinder! Manche Frauen haben Kinder mitgebracht, und andere sind bereits schwanger in meinen Palast gekommen."

"Und wer kümmert sich um die Kinder?" Selina nahm mehr und mehr Anteil an dem Leben in ihrem neue Zuhause.

"Die Frauen kümmern sich selbst um ihre Kinder. Es ist eine liebevolle Gemeinschaft, so in der Art wie eine große Familie... Manche unterrichten die Kinder, andere spielen mit ihnen, und alle versorgen sie... Je nachdem, wie es den Müttern gerade geht, betreuen manchmal auch die anderen Frauen die Kinder ihrer Gefährtinnen."

"Kann ich bei der Kinderbetreuung auch helfen?" Selina sah Raoul fragend an, und er las in ihren Augen, dass sie Freude daran haben würde.

"Natürlich kannst du das tun. Du kannst alles tun, was du möchtest und was dir gut tut! Ich vermute, die Mütter werden damit einverstanden sein. Und die Kinder werden sich bestimmt über neue Spiele und Erfahrungen freuen. Rede mit den Frauen darüber - es gibt bestimmt etwas für dich dabei zu tun.

Auch ich verbringe übrigens gern Zeit mit den Kindern, erzähle ihnen Geschichten, ersinne Rätselspiele für sie... Und sie wissen, dass auch sie jederzeit zu mir kommen können mit ihren kleinen oder größeren Kümmernissen, mit ihren Fragen und mit allem, was sie bewegt!"

Selina umarmte Raoul spontan. „Es ist schön für mich, dass ich hier in deinem Palast zu Hause sein darf, Raoul. Es ist so ganz anders, als ich anfangs gedacht hatte..."

Neue Erfahrungen

Die Kraft der Liebe erzählt:

Langsam lösten sich Raoul und Selina aus Ihrer Umarmung. Raoul sah ihr in die Augen und sagte: „Es ist so schön, dass es dich gibt, Selina!"

Er nahm ihre Hand und hielt sie fest. „Und du sollst wissen, dass du jederzeit zu mir kommen kannst, wenn du das Gefühl hast, mich sehen oder mit mir reden zu wollen."

„Aber ich weiß doch nicht, ob eine andere Frau gerade bei dir ist. Ich möchte keinesfalls stören, Raoul!"

„Wenn ich allein bin, steht meine Tür immer offen. Habe ich Besuch oder brauche gerade Ruhe, wirst du das daran erkennen, dass die Tür geschlossen ist."

„Danke, Raoul, aber ich weiß nicht... darf ich das wirklich?"

„Ja, du darfst das! Und du darfst es zu jeder Zeit, wenn du es brauchst! Zum Beispiel falls dich nachts Geräusche oder Träume erschrecken, wenn du dich einsam oder traurig fühlen solltest, wenn dich Angstgedanken belasten und verwirren - auch dann kannst du jederzeit zu mir kommen.

Besonders in solchen Situationen, in denen du dich ängstlich und verloren fühlst, hilft es dir vielleicht, wenn du mit diesen Gefühlen nicht allein bleibst. Dann kannst du zu mir kommen, mich wenn nötig auch wecken - und ich will gern alles tun, was mir möglich ist, damit du dich wieder wohler fühlen kannst. Es ist mir wirklich wichtig, dass es dir hier gut geht!"

„Ja, aber... ich weiß nicht..." Selina war verwirrt.

„Du kannst in jedem Moment frei für dich entscheiden, was du tun willst, Selina. Aber du sollst wissen, dass du grundsätzlich mit meiner Hilfe, meiner Fürsorge und Unterstützung rechnen kannst!"

„Danke, Raoul, ich werde an deine Worte denken!"

Eine ganze Weile blieb Selina noch beim Sultan. Bevor sie ging, nahm Raoul sie noch einmal in die Arme und küsste sie sanft auf die Stirn.

An diesem Abend konnte Selina lange nicht einschlafen. Raoul erstaunte sie immer wieder. All' das Neue musste erst einmal verarbeitet werden, und in ihrem Unterbewusstsein verbarg sich noch viel Angst und Unsicherheit. Sie schlief in dieser Nacht sehr unruhig und plagte sich wieder einmal mit einem schlimmen Traum, der ihre Furcht ausdrückte, das neu entstandene Heimatgefühl wieder zu verlieren. Sie träumte, verkauft zu werden, weil der Sultan schließlich seine Geduld mit ihr verlor und der vermeintlichen Unzufriedenheit mit ihr ein Ende machte. Urplötzlich wurde sie ohne jegliche Vorwarnung am nächsten Morgen aus dem Palast gewiesen, um einem neuen, ungewissen Schicksal entgegen zu gehen in den Händen eines weiteren unbekannten Herrschers.

Als sie mit klopfendem Herzen und Kopfschmerzen aus diesem schrecklichen Albtraum erwachte, begriff sie, dass sich im Traum wieder einmal ihre Angst und ihre Gefühle von Unzulänglichkeit einen Weg in ihr Bewusstsein gebahnt hatten.

Durch einen deutlichen Gedankenimpuls erinnerte ICH, die Kraft der Liebe, sie an das Angebot Raouls, zu ihm zu kommen, wenn sie sich wieder einmal erschrecken sollte. Wie in Trance gelangte sie zu seinem Gemach. De Tür stand weit offen. Sie trat ein und blieb abwartend und unschlüssig vor seinem Bett stehen.

Es dauerte nicht lange - und Raoul spürte ihre Anwesenheit. Er wurde wach und lud die zitternde Selina ein, unter seine Decke zu kommen. Es bedurfte keiner Erklärungen. Natürlich spürte Raoul, wie sie sich fühlte. Ohne viel zu reden, barg er die aufgeregte Frau in seinen tröstenden Armen und streichelte ihr Haar, während sich befreiende Tränen lösten und sie ihm schließlich den Traum erzählte. Das war gut so, denn so erfuhr er, was sie belastete, und sie erhielt auf diese Weise die Gelegenheit, aus seinem Munde zu hören, dass er sie niemals verkaufen würde - und auch in keiner Weise unzufrieden mit ihr war.

Der Satz: "Ich werde dich niemals wegschicken, Selina. Dazu habe ich dich viel zu lieb", berührte ihr Herz und schenkte ihr den Mut, ihm von ihrer Unsicherheit und der Angst vor einer jähen Enttäuschung ihrer so neu erwachenden Gefühle zu erzählen. Im Schutze der Dunkelheit war es ihr möglich, über Dinge zu reden, die sie in wacherem Zustand bei Tageslicht nicht gewagt hätte auszusprechen.

Dankbar nahm Raoul wahr, wie in Selina MEINE Kraft, die Kraft der Liebe, mehr und mehr Raum gewann. Noch war sie sich selbst ihrer Gefühle nicht sicher, aber auch das würde nur noch eine Frage der Zeit sein.

Nachdem sich Selina vergewissert hatte, dass Raoul ihren nächtlichen Besuch nicht als Einladung zum erotischen Miteinander missverstand, wurde sie ruhiger und legte sich etwas entspannter in seinen Arm. Die zarte junge Frau so dicht an seinem Körper rührte ihn an, und er spürte, dass sie es als Vertrauensbruch empfunden hätte, wenn er ihr Schutzbedürfnis als Anlass zu einer erotischen Annäherung genommen hätte. So beschränkte er sich darauf, ihr das zu geben, was sie so dringend brauchte: Wärme, Sicherheit und Geborgenheit.

Nachdem sie ein ganzes Weilchen miteinander geredet hatten und er ihr mit seinen beruhigenden Worten ein Gefühl von Ruhe und Verlässlichkeit vermittelt hatte, massierte er Selinas schmerzenden Kopf. Wie immer floss ICH durch seine sensiblen, sicheren Hände und wirkte in MEINER Weise heilend auf den Druck unter ihrer Schädeldecke. Dankbar nahm Selina die Entlastung wahr, die sie unter seinen Händen empfand, und nahm schließlich seine Einladung an, den Rest dieser Nacht bei ihm zu verbringen.

Zärtlich lächelte Raoul sie an: „Vielleicht hast du hier bei mir keine schlimmen Träume, Selina." Und tatsächlich schlief sie in seiner schützenden Umarmung die ganze Nacht durch.

Am nächsten Morgen sah die Welt in Selinas Augen allerdings schon wieder etwas anders aus, und sie fragte sich: War das in Ordnung? Wie konnte ich mir das erlauben, einfach die Nacht über hier zu bleiben? Und was wird daraus möglicherweise entstehen und noch geschehen hier mit diesem Mann? Wie wird das alles weitergehen?

Liebe und Hilfe

Die Kraft der Liebe erzählt:

Am darauf folgenden Morgen war Selina erstaunt und verwirrt, dass sie den Mut hatte, die Nacht an der Seite des Sultans zu verbringen. Dieser Verwirrung und einiger Fragen gab sie Ausdruck, als sie etwas später in ihr Tagebuch schrieb. Wie so oft, tat es ihr gut, sich alles von der Seele zu schreiben.

Selina schreibt in ihr Tagebuch:

Liebes Tagebuch! Es ist alles im Moment so verwirrend... Ich hatte in der letzten Nacht geträumt, dass Raoul jetzt doch die Geduld verloren, und mich an einen anderen Herrscher verkauft hat. Oh mein Gott, war das ein schreckliches Gefühl! In dem Moment, in dem ich mit dem anderen Sultan fort gehen sollte, bin ich voller Panik erwacht. In meiner Angst lief ich ziellos im Zimmer umher, bis mir Raouls Worte einfielen, dass ich zu ihm kommen könne, wenn ich mich fürchten würde... Ich war mir nicht sicher, ob es richtig sein würde, tatsächlich mitten in der Nacht zu ihm zu gehen. Was würde er sagen, wenn ich so plötzlich vor seinem Bett stünde...?

Jetzt bin ich sehr froh, dass ich mich getraut habe zu ihm zu gehen. Am Anfang war ich noch sehr unsicher, neben ihm unter seiner Decke zu liegen, aber er war so behutsam zu mir, dass diese Unsicherheit sich auflösen konnte. In seiner Nähe habe ich mich dann richtig geborgen gefühlt und konnte ihm von dem Traum und von meinen Ängsten erzählen. Er sagte dann etwas, was mich sehr berührt hatte: "Ich werde dich niemals fort schicken, Selina. Dazu habe ich dich viel zu lieb!" Dieser Satz hat mich überhaupt nicht mehr losgelassen und kreiste ständig in meinem Kopf. Ich weiß deswegen überhaupt nicht mehr, was ich ihm noch alles von mir erzählt habe...

Und nun sitze ich hier mit vielen Fragen und weiß nicht, wie ich darüber Klarheit finden kann. Ihn traue ich mich nicht zu fragen! Und ich glaube, auch mit einer von den Frauen kann ich darüber nicht reden...

Die Kraft der Liebe erzählt:

Selina hielt inne mit dem Schreiben und blickte versonnen auf das Papier ihres Tagebuchs.

Das war die Gelegenheit für mich, ihre Sinne empfänglich zu machen für die zarte Stimme in ihrem Inneren:

"Warum redest du nicht mit mir, Selina?" fragte eine leise Stimme in ihr.

Als Selina nicht darauf reagierte, versicherte ihr diese Stimme: "Wenn du magst, dann kannst du mit mir reden, Selina."

Ziemlich überrascht blickte sich Selina um, aber es war niemand zu sehen.

"Ich bin in dir, meine Liebe." wisperte es fröhlich.

"Wer bist du?" fragte Selina.

"Ich bin die Stimme deines Herzens, deiner Seele, deine innere Weisheit, die Stimme der Liebe in dir... Es gibt viele Bezeichnungen für mich."

Nachdem sich Selina von ihrer Überraschung erholt hatte, sagte sie: „Ich würde dir gern einen Namen geben, mit dem ich dich anreden könnte. Warte mal... Würde dir der Name Ayana gefallen? Das war einer der Namen, mit denen mich mein Vater angeredet hatte, als ich noch ein Kind war. Das heißt so viel wie "schöne Blume", und ich habe das damals sehr geliebt."

"Ja, du kannst mich gerne Ayana nennen. Ein wirklich schöner Name!"

"Ich bin im Moment sehr verwirrt, Ayana. Der Traum in der letzten Nacht hat mir sehr deutlich gezeigt, wie sehr es mich schmerzen würde, wenn Raoul sich enttäuscht von mir abwenden würde. Und sein Satz: '...dazu habe ich dich viel zu lieb!', hat mich vor allem deswegen so berührt, weil mir im selben Moment deutlich wurde, wie viel auch Raoul mir inzwischen bedeutet. Gleichzeitig habe ich große Angst davor, diesem Gefühl nachzugeben, weil damit früher oder später verbunden sein wird, sich auch auf körperlicher Ebene ganz nah zu sein... Sag mir, was kann ich tun?"

"Was wünschst *du* dir denn, Selina? Was wäre dein größter Wunsch, wenn alles möglich wäre?" fragte Ayana.

Selina überlegte nicht lange. „...dass er mich weiterhin so annimmt, wie ich bin - mit all meiner Angst, mit all meiner Unvollkommenheit, selbst mit dem Gedanken, dass wir vielleicht nie mehr als einander umarmen können... Dass es immer so sein kann, wie in der letzten Nacht, in der ich ohne Angst einfach nur bei ihm war."

„ICH sage dir dazu: Du kannst dir tatsächlich ganz sicher sein, Selina. Erinnere dich bitte daran, dass dir Raoul immer wieder sagt, dass er nichts von dir verlangen wird, was du nicht willst. Und in der vergangenen Nacht hat er dir selbst in dieser körperlichen Nähe in seinem Bett gezeigt, dass er deine Grenzen achtet."

"Ja, das stimmt, Ayana. Aber ihm wird nicht verborgen bleiben, dass auch ich ihn inzwischen sehr mag. Und ich habe Angst, dass er das missverstehen könnte..."

"Glaubst du das wirklich?" fragte Ayana.

"Wenn du mich so fragst. Ich glaube es nicht, aber die Angst ist dennoch da. Weißt du Ayana, bisher ging es immer um meine Rolle als Haremsfrau. Als meine anfängliche Angst langsam kleiner wurde, konnte ich nach und nach glauben, dass er von mir nichts verlangen würde, was ich nicht wollte.

Aber wenn zwei Menschen ihre Zuneigung zueinander entdecken, dann haben sie gewöhnlich ja auch den Wunsch, miteinander zärtlich zu sein, sich zu berühren... und sich schließlich auch körperlich zu lieben. Es ist ja keineswegs so, dass ich nicht auch den Wunsch habe, ihm nahe zu sein. Aber da ist so viel verletzt in mir, dass ich Angst habe, dass mein liebevolles Gefühl zu ihm verloren geht, wenn ich noch mehr Nähe als bisher zulasse.

Und wenn ich mich mit meinem ganzen Herzen und auch körperlich auf ihn einlasse, könnte es auch sein, dass es mir weh tun wird, nur eine von vielen Frauen hier für ihn zu sein. Verstehst du mich?"

"Ich verstehe dich sehr gut, Selina. Und ich will dir dazu ein klitzekleines Märchen erzählen:

Es war einmal... ein Sultan. Auf seinen Reisen weilte er eines Tages bei dem Herrscher eines Nachbarlandes. Am Abend gab der Gastgeber ein kleines Fest zu Ehren seines Gastes, bei dem einige Frauen des Harems tanzten. Darunter war auch eine bezaubernde junge Frau - und als der Sultan ihr in die Augen schaute, erkannte er im gleichen Moment, dass diese Frau jene war, die für ihn bestimmt war. Es war ein sehr starkes Gefühl.

Also verhandelte er am darauf folgenden Tag mit dem Gastgeber und kaufte diese junge Frau. Auf eine andere Weise konnte er nicht erreichen, dass sie diesen für sie nicht guten Ort verlassen konnte.

Er brauchte sie nur anzuschauen, um zu wissen, wie sehr diese junge Frau verletzt war! Deshalb entschloss er sich, ihr den wahren Grund des Kaufes, nämlich seinen Wunsch, dass sie eines Tages als seine Gemahlin ganz zu ihm gehören würde, vorläufig nicht zu erzählen. Stattdessen sagte er ihr, dass sie eine seiner Haremsfrauen sein würde.

Um mit ihr näher in Kontakt zu kommen, verabredete er mit ihr, dass sie ihn jeden Abend besuchen kommen möge... Und ich glaube, der weitere Verlauf der Geschichte bis zu diesem Tage ist dir wohl bekannt. Hinzufügen möchte ich noch, dass Märchen immer mit dem Satz enden:

...und wenn sie nicht gestorben sind, dann leben sie noch heute in Glück und Frieden!"

Das Bäumchen

Die Kraft der Liebe erzählt:

Selina staunte über diese unvermutete Wendung des Ganzen. Schließlich sprach sie zu ihrer inneren Stimme: "Ein schönes Märchen, Ayana! Soll das heißen, dass es dem Sultan nie wirklich darum ging, dass ich die Rolle einer Haremsfrau für immer behalte? Dass ich ihn seit unserer ersten Begegnung in seinem Herzen... in seiner Seele berührt habe...? Dass er mich, Selina, zu seiner Frau machen will?"

Die Antwort war so deutlich in ihr spürbar, dass es keiner Worte von Ayana benötigte. Das „Ja" breitete sich wie ein helles Licht in ihren Gedanken aus, gleichzeitig wohltuend und ... schmerzhaft. Da war einerseits die kaum fassbare Freude darüber, dass es in ihrem Leben einen Menschen gab, dem sie offensichtlich sehr wichtig war - und gleichzeitig stieg die Angst in ihr auf, dass sie seinem Herzenswunsch und allem, was damit verbunden wäre auf der körperlichen Ebene, nicht gerecht werden könnte.

„Du musst nichts erfüllen, Selina." sagte Ayana. "Raoul will dich so, wie du in jedem Moment bist! Mit all deiner Angst, mit deiner Verletzlichkeit, selbst mit dem Gedanken, dass ihr vielleicht nie mehr als einander umarmen könnt... Erinnerst du dich an das, was du gesagt hast, als ich dich fragte, was du dir wünschen würdest, wenn alles möglich wäre? Du wünschtest dir, um deiner selbst willen angenommen zu werden, mit allem, was dich bewegt. Dieser Herzenswunsch von dir erfüllt sich! Raoul will nicht irgendein Bild von dir, nicht irgendeine Funktion, die du erfüllst. Er will dich – genauso wie du bist! Verstehst du?"

"Ja, und inzwischen kann ich es auch mehr und mehr glauben, weil ich es immer wieder so erlebt habe. Aber woher weißt du das alles, Ayana?"

Selina konnte das Lächeln von Ayana deutlich in sich spüren, als sie sagte: "Ich weiß es einfach, Selina. Oder vielleicht sollte ich besser sagen: Wir wissen es..."

Nach einer kleinen Pause erklärte sie: "Weißt du Selina, ich bin dein tiefstes inneres Wissen, deine innere Weisheit, die hinter all den Äußerlichkeiten weiß, was wirklich ist. Wir sind beide miteinander verbunden. Ich bin ein Teil von dir - und ich bin immer da, und vor allem dann für dich spürbar, wenn du deine Wahrnehmung nach innen richtest. In schwierigen und angsterfüllten Situationen ist das allerdings keineswegs einfach... Deshalb hast du mich so lange nicht wahrnehmen können.

Erst hier beim Sultan konntest du wirklich zur Ruhe kommen, und das war dann endlich die Möglichkeit für mich, so deutlich zu werden, dass du mich hören kannst! Jetzt, wo du mich kennst, wird es dir auch in schwierigeren Momenten eher gelingen, meine Stimme zu hören..."

"Es ist schön für mich zu wissen, dass es dich gibt, Ayana. Du hast mir allein mit diesem wunderbaren Märchen so sehr geholfen... Aber das weißt du ja!"

Jetzt musste Selina schmunzeln."Weißt du, Ayana, in mir entwickelt sich gerade auch ein kleines Märchen – ich sehe mich als ein Bäumchen...

Es war einmal ein kleines unscheinbares Bäumchen, das von einem achtsamen und liebevollen Gärtner in einen herrlichen Garten eingepflanzt wurde. Zuvor stand es nämlich in einer anderen Gegend. Dieses Bäumchen bin ich. Erst hatte ich fürchterliche Angst, dass ich, um in den Garten zu passen, an diesem und an jenem Ast beschnitten werden musste, dass meine Äste zurecht gebogen und gestutzt werden würden...

Und im Gegensatz dazu erlebe ich, dass jener Gärtner mich täglich besuchen kommt, mich mit allem Nötigen versorgt, dass er sanft mit mir redet und mich dazu ermuntert, so zu wachsen, wie es für mich gut ist... Manchmal streichelt er meine zarten neuen Blätter, bewundert die ersten sichtbaren Knospen meiner Blüten... Und immer wieder sagt er mir, dass ich meine Wurzeln ausdehnen darf, dass ich wachsen kann, wohin auch immer ich mag...

Ich kann als dieses Bäumchen spüren, wie sehr es ihn freut, dass ich von Tag zu Tag kräftiger und schöner werde...

Und was das schönste ist: Ich muss mich dabei überhaupt nicht anstrengen. Die Sonne, das Wasser, die Luft und der Boden lassen mich ganz von allein wachsen, während ich die Vögel in den Zweigen, die zarten Schmetterlinge, den Wind in den Blättern und die wärmenden Sonnenstrahlen genieße...

Ich weiß, was ich jetzt tun möchte!" sagte Selina plötzlich.

"Ich werde jetzt zu Raoul gehen, werde ihn umarmen und ihm sagen, dass sich die Haremsfrau Selina sehr für die Fürsorge, die schonende Behandlung und die Unterstützung in all ihren Ängsten bedankt und darum bittet, sich als Haremsfrau von ihm verabschieden zu dürfen. Wenn er mir die Erlaubnis dazu gibt, werde ich mich tief verneigen und dann das Zimmer verlassen...

Eine Minute später werde ich als die Frau Selina das Zimmer des Sultans betreten. Ich werde um Einlass bitten und ihn dann in die Arme nehmen und mich für seine wiederholt ausgesprochene Einladung bedanken, zu sein wie ich bin und zu zeigen, was ich fühle.

Ich will ihm das Märchen so erzählen, wie ich es von dir vernommen habe, Ayana, und dann will ich ihm sagen: Ja, Raoul, ich möchte gern die Frau Selina für dich sein, die ich in jedem Moment bin! Ich habe nun den Herzensruf auch wahrgenommen und will ihm folgen. Ich werde ihm auch die Geschichte von dem Bäumchen erzählen - und vielleicht finden wir ja heute noch die Gelegenheit, hinaus zu gehen, um jenes wunderbar gewachsene Bäumchen zu finden. Ich würde mich nicht wundern, wenn es dieses in dem großen herrlichen Garten tatsächlich gäbe..."

Das Ritual

Die Kraft der Liebe erzählt:

Selina war an diesem Abend sehr aufgeregt, als sie zum Sultan ging. Sie hatte das Märchen und die Verheißung von der Erfüllung ihres Wunsches deutlich im Kopf, wurde jedoch nun bei der Begegnung mit Raoul unsicher. Vielleicht entsprang das Gespräch mit Ayana ja viel eher nur ihrem Wunschdenken und hatte mit der Wirklichkeit wenig zu tun?

Raoul umarmte Selina zur Begrüßung, und als habe er ihre Unsicherheit bemerkt, sagte er: "Komm, Selina, setz dich neben mich und mache es dir ganz bequem. Dann kannst du mir in aller Ruhe erzählen, was dich gerade bewegt."

Als Selina neben ihm saß, legte er den Arm um ihre Schultern und fragte. "Was hast du auf dem Herzen, Selina?"

Zögernd begann Selina davon zu erzählen, dass sie, während sie Tagebuch schrieb, eine Stimme in sich vernahm, die zwar sicher zu ihr gehörte, sich aber sehr deutlich von ihren gewöhnlichen Gedanken unterschied. Sie gab den inneren Dialog mit Ayana detailliert wieder, und während sie erzählte, verstärkte sich ihre Unsicherheit Raoul gegenüber. Ihre Zweifel an der Gültigkeit ihres inneren Erlebnisses wurden immer heftiger und verursachten eine starke Spannung in ihr, die sie immer leiser werden lies, bis sie schließlich verstummte. Sie traute sich nicht mehr, Raoul von der Idee ihres Verabschiedungs- und Begrüßungsrituals zu erzählen.

"Und was sagt Ayana jetzt zu dir?" fragte Raoul.

Ängstlich blickte Selina ihn schließlich an. Sie schwieg lange und versuchte, die Stimme Ayanas in sich zu entdecken, aber in ihrer Unsicherheit hörte sie nur ihre lärmenden, ängstlichen Gedanken.

"Ich kann ihre Stimme jetzt nicht hören." gestand sie kleinlaut. "Ich weiß ja, es hört sich alles sehr unglaubwürdig an, Raoul, aber ich habe das wirklich in mir gehört," fügte sie verlegen hinzu.

Raoul setzte sich aufrecht hin, zog Selina behutsam an sich und nahm sie in seine Arme. Ganz nah an ihrem Ohr flüsterte er: "Nun hat dir Ayana also mein gut gehütetes Geheimnis verraten, da brauche ich dir ja gar nichts mehr zu erzählen..."

Ohne das Selina es verhindern konnte, liefen ihr die Tränen aus den Augen. Eine Mischung aus Erleichterung, Dankbarkeit, Scham und Rührung durchströmte sie. Ihre ganze Spannung löste sich, und schließlich lag sie weinend in Raouls Armen, der sie beruhigend streichelte.

„Ich... ich wurde.... jetzt plötzlich wieder so... unsicher, Raoul," erzählte sie ihm unter Tränen. „Es kam mir... plötzlich alles so vermessen vor, was ich erzählte..."

Immer wieder wurde sie durch ihr Schluchzen unterbrochen. "Ich danke dir... ich bin so froh..., dass du mich verstehst und... und mir glaubst."

Dankbar schmiegte sie sich an ihn. Sie hob ihren Blick, schaute in seine liebevollen und strahlenden Augen und wusste im gleichen Moment, dass alles wahr war, was Ayana gesagt hatte. Sie sah seine Augen, sie spürte seine Liebe... Und sie spürte ihre eigene Liebe zu diesem Mann, die sich warm und wohltuend und gleichzeitig sehnsüchtig und schmerzhaft anfühlte. Wie von selbst kamen sich beide immer näher, bis sie seine Lippen auf ihren spürte und sie sich ganz zart küssten...

Selina umarmte Raoul. „Danke!" war alles, was sie flüstern konnte. „Danke, Raoul!"

Lange saßen sie so eng umschlungen, spürten ihre Nähe, fühlten ihre Liebe zueinander und schwiegen.

"Auch ich danke dir, Selina" sage Raoul. "Ich danke dir, dass du mir so offen von deinen inneren Dialogen erzählt hast. Ja, es stimmt! Als ich dich damals gesehen hatte wusste ich, dass sich unsere Seelen so nahe sind, wie es bei zwei Menschen, die sich lieben und eine Seelenverabredung miteinander haben, nur sein kann... Ich fühlte meine Liebe zu dir ganz stark - vom ersten Augenblick an, in dem ich dich sah."

Raoul schwieg für einen Moment. „Aber ich habe auch sehr deutlich deine Ängste und deine Verletzungen gespürt.

Mir war klar, dass du bei Sultan Ohmada furchtbar gelitten hattest und immer wieder verletzt werden würdest. Auch das war ein Grund, dass ich dich dort weg holte - aber es war nicht der einzige. Ich spürte deutlich, dass wir beide zusammen gehören." Raoul sah Selina zärtlich an. „Als erstes wollte ich dir einen Ort schaffen, an dem du dich erholen konntest und ohne Druck einfach sein konntest, wie du bist. Das war für mich das Wichtigste. Aber ich will gern zugeben, dass es auch wunderschön war, dich in meiner Nähe zu wissen, dich täglich zu sehen, und mich daran zu erfreuen, wie dein Vertrauen langsam wuchs und du immer offener wurdest."

„Ja, das wurde deutlich in dem Gespräch mit Ayana," sagte Selina und erzählte Raoul von ihrem Bild des Bäumchens in seinem Garten.

„Das ist eine schöne Vorstellung – ich als Gärtner!" lachte Raoul, „ein wunderschönes Bild, Selina."

„Darf ich…, darf ich ein kleines Ritual machen?" fragte Selina dann ziemlich aufgeregt.

"Ja… gern!" Raoul war überrascht und neugierig.

Selina stand auf, ordnete ihr Kleid und kniete sich vor den Sultan. „Eure ergebene Dienerin und Haremsfrau, Selina, möchte sich bei Euch, Sultan Raoul, ganz herzlich für die Fürsorge und Unterstützung bedanken, die Ihr mir habt angedeihen lassen," sagte sie. „aber ich spüre, dass meine Aufgabe als Haremsfrau hier jetzt beendet ist. Deswegen bitte ich um die Erlaubnis, mich zu verabschieden und mich aus den Diensten als Haremsfrau zu entlassen."

Raoul, der eine leise Ahnung davon bekam, was Selina sich wünschte, antwortete: „Ich danke dir sehr für deine Dienste, Selina. Auch wenn es mir sehr leid tut, dass eine so wunderbare Frau meinen Harem verlassen möchte, so respektiere ich dennoch deinen Wunsch." Raoul legte ihr die Hand auf den Kopf und sprach. "Du bist hiermit entlassen, Selina. Damit du mich nicht mittellos verlassen musst, bitte ich dich, dir deinen wohlverdienten Lohn von meinem Zahlmeister abzuholen. Ich werde ihm die nötigen Anweisungen dafür geben. Ich wünsche dir eine gute Zeit, und möchte dir noch einmal sehr dafür danken, dass du bei mir warst."

Selina stand auf, umarmte den Sultan lange, und verließ nach einer tiefen Verbeugung sein Gemach. Sie lief rasch in ihr Zimmer, kleidete sich um und kam wenige Minuten später wieder zurück,schaute ihm in die Augen und sagte zu ihm: „Lieber Raoul, vor dir steht eine Frau, die aus freier Entscheidung heute zu dir kommt, um mit dir zusammen in deinem Palast zu leben. Mit all meiner Unsicherheit, mit all meiner Ängstlichkeit, mit all meinen Stärken und Schwächen, mit meiner Liebe, mit meinem ganzen So-Sein will ich dir als Frau, als Selina begegnen und an deiner Seite leben. Ich verspreche dir, dass ich dich, so gut ich es in jedem Moment kann, darin unterstützen will, dass du deinen dir vorbestimmten Weg gehen kannst. Dazu gehört auch, dass ich dir offen und ehrlich von meinen Gefühlen zu dir erzählen möchte, wobei ich dich auch um dein Verständnis bitte, wenn es mir nicht immer gut gelingt. Das ist noch sehr neu für mich. Und ich bin auch offen für alles, was du mir anvertrauen möchtest..."

Selina spürte ihr Herz heftig klopfen... Raoul nahm ihre Hände. „Komm zu mir, Selina. Setz dich neben mich," bat er sie herzlich. „Ich freue mich so sehr, dich an meiner Seite zu begrüßen," sagte er, als sie neben ihm saß. „Du bist willkommen, Selina, als Frau, die du in jedem Moment bist. Ich danke dir sehr für deine Worte, und ich möchte dir gern all das geben, was du in jedem Moment brauchst, um die Selina zu sein, die du bereits tief in deinem Inneren bist."

Raoul machte eine kleine Pause, in der er sie lächelnd ansah. „Und ich danke dir sehr für dieses wunderbare Ritual! Du schenkst mir damit unendlich viel! Danke – danke aus tiefstem Herzen!"

Raoul nahm sie liebevoll in seine Arme und flüsterte: „Ich liebe dich so sehr, du meine mutige Selina!"

In dem zeitlosen Raum ihrer Umarmung hörte er Selinas Stimme: „Es fühlt sich so froh... so warm... so leicht und weit in mir an, Raoul. Das ist wohl...Liebe... Ich liebe dich auch! Es ist wie ein Wunder..."

Die letzte Tür

Die Kraft der Liebe erzählt:

Lange verweilten die beiden in dieser wundervollen Umarmung, und als sie sich schließlich voneinander lösten, schaute Raoul Selina in die Augen.

"Es hat mich so sehr berührt, was du gesagt hast, mein Liebes. Nun will ich dir etwas erzählen! Folgendes Bild trage ich in mir: Ich erinnere mich, wie du am ersten Tag unserer Begegnung vor mir standest - ein Bündel mit kleinen Dingen aus der Vergangenheit in der Hand... und deine schon etwas zerschlissene Kleidung... Ein Blick in deine Augen ließ mich ahnen, was für ein wunderbares Wesen dahinter verborgen ist. Mit all deiner Angst und Unsicherheit bist du hier bei mir angekommen – und ich bin froh darüber!"

Darauf legte Raoul ihr eine wunderschöne Kette um den Hals. „Die Liebe selbst schenkt dir jetzt durch meine Hände diese zarte Kette mit dem herrlich rot leuchtenden Stein, der genau auf deinem Herzen liegt und dir Mut, Vertrauen und Zuversicht schenkt. Ist das nicht ein wunderbares, schönes Stück? Ebenso schön und wertvoll ist mir die Geschichte von Ayana, die du mir gerade erzählt hast! Selina, ich danke dir so sehr für deine Offenheit und deinen Mut!

Jetzt stehen wir beide vor einer Tür, die bereits weit geöffnet ist. Der Raum dahinter ist von einem sanft schimmernden Licht erleuchtet und strahlt irgendwie warm, aber wir können einiges darin noch nicht erkennen. Ein leichter, Nebel verhindert die klare Sicht aufs Ganze.

Möglicherweise fürchtest du dich etwas, weil du durch den Nebel nicht deutlich erkennen kannst, was dich in diesem Raum erwartet. Deine bisherigen Erfahrungen wecken in dir alte Ängste, aber der Rubin auf deiner Brust und meine Hand, die deine ganz fest hält, schenken dir Mut und Kraft für die Schritte, die nötig sind, um den Raum zu betreten und zu erforschen...

Du bestimmst das Tempo, in dem wir gemeinsam den Raum erkunden, Selina! Du entscheidest in jedem Moment neu, wie weit du einen Fuß vor den anderen setzen möchtest, wann du stehen bleiben willst, und in welche Richtung du dann wieder weiter schauen möchtest. Und **ich** gebe dir jederzeit Halt, Kraft und Sicherheit - und gerne auch mal sanfte Vertrauens-Impulse, damit all deine inneren Anteile leicht und gerne mit gehen können...

Wir haben alle Zeit der Welt! Wir können also jederzeit Pausen machen, um uns auszuruhen, bis du wieder bereit bist, einen weiteren Schritt zu gehen. Wir werden auf unserem Weg auch viele magisch schöne Zeiten haben, in denen wir so lange verweilen können, wie wir es uns wünschen.

Dieses sanft schimmernde Licht ist nichts anderes als die Kraft der Liebe, die jeden beliebigen Ort in diesem Raum, den wir gerade durch die offene Tür betreten haben, so wie auch in allen anderen Räumen und Träumen, erreicht und erhellt. Es besteht keine Notwendigkeit, unbedingt die Quelle der Liebe zu erreichen. Von ihr durchströmt zu werden, ist einfach wunderbar! Und das werden wir überall in diesem Raum, Selina, und DAS ist das Entscheidende! Nichts muss sein! Jetzt nicht und auch später nicht!"

Raoul sah Selina zärtlich an. „Das wollte ich dir unbedingt sagen!"

„Ich danke dir für deine wundervollen weisen Worte, Raoul. Es ist ein schönes Gefühl, nichts erreichen zu müssen, und das mit dir erleben zu können, was für mich leicht möglich ist.

Das ist ein wunderschönes Bild, das du uns mit diesem Raum, dem Nebel und dem sanften Licht überall darin entworfen hast – ein Bild und eine wertvolle Verheißung!"

Die Kraft der Liebe umarmt alles!

Die Kraft der Liebe erzählt:

In den kommenden Tagen und Wochen fühlte sich Selina so geborgen und angenommen, dass ihr Vertrauen wuchs. Sie konnte Raouls sanfte, liebevollen Berührungen genießen, ohne dass irgend etwas geschah, was ihr unangenehm war, sie überforderte oder gar verängstigte.

Erst als Raoul deutlich spürte, dass Selina sich ihm in all ihren Empfindungen anvertraute, sich ihm aus eigenem Antrieb immer offener zeigte und auch nach und nach eigene, ihr neue Bedürfnisse in ihrem Körper wahrnahm, wurden seine Berührungen intimer.

Zum ersten Mal in ihrem Leben konnte sie die Erfahrung machen, dass Lust ihren Körper durchströmte, und dass es Momente gab, in denen er ein unkontrolliertes Eigenleben führte. Immer wieder pendelten ihre Gefühle hin und her zwischen Scham und Zärtlichkeit Entspannung und Erregung, Angst und Lust.

Und immer wieder hielt Raoul sie liebevoll und mitfühlend, ganz ruhig in seinen Armen und vermittelte ihr Sicherheit, Geborgenheit und liebevolle Annahme, wenn die verschiedensten Empfindungen und Gefühle ihr Gemüt durcheinander schüttelten, bis sie sich wieder wohl und entspannt fühlte.

Behutsam weckte Raoul ihre lustvolle Energie, die im Laufe der Zeit immer lebendiger wurde, und an einem wunderschönen Vollmond-Abend schließlich so stark von ihr Besitz ergriff, dass alles andere in den Hintergrund trat, und unter Raouls wissenden Händen in ihr die Sterne explodierten...

Anschließend brachen sich ihre verwirrten, durch die intensive Erfahrung des Neuen beunruhigten Gefühle ihre Bahn in einem heftigen Tränenstrom. In Raouls Armen konnte sie all die verschiedenartigen Gefühle zulassen und ausdrücken, die mit ihren alten und den nun so neuen Erfahrungen verbunden war.

ICH, die Kraft der Liebe, durchströmte beide und machte MICH durch Raouls innige Umarmung, durch seine gütigen Worte und durch seinen liebevollen Blick für sie deutlich fühlbar bis sie wieder spüren konnte: Alles ist gut!

Raoul schenkte ihr Zärtlichkeit und Lust, ohne von ihr jemals irgendetwas zu fordern. Und er tat das gern – ganz aus seinem Herzen heraus.

Selina aber machte sich innerhalb der nächsten Wochen mehr Gedanken darüber, dass die körperliche Vereinigung zwangsläufig irgendwann folgen müsse. Ja, sie hielt es nun nahezu für ihre Pflicht, ihm das zurück zu geben, was er ihr so oft in den vielen schönen Stunden voll Zärtlichkeit und Lust schenkte.

Dieser Gedanke kreiste bald Tag und Nacht in ihrem Kopf und ließ sie nicht mehr ruhig schlafen, obwohl Raoul ihr immer wieder versicherte, dass er nichts von ihr erwartete. Im Gegenteil - ernsthaft erklärte er ihr, er werde erst dann mit ihr den letzten Akt der körperlichen Liebe vollziehen, wenn sie ihn ausdrücklich darum bitten würde. Und wenn es niemals dazu käme, so wäre das auch völlig in Ordnung für ihn! Denn ihm war sehr wohl bewusst, dass sie - geprägt durch ihre schlimmen Vorerfahrungen - alles, was nicht ganz und gar aus ihr selbst kam, als Übergriff erleben würde.

Der alte Schmerz, der mit dem Akt der körperlichen Vereinigung verbunden war, drängte nun ans Licht, er wollte in diesem Leben, hier in den liebenden Armen dieses verständnisvollen, gütigen Mannes, zu dem ICH sie geführt hatte, geheilt werden. Sie wünschte es sich sehr, dass sie bereit sein könnte, mit dem geliebten Mann eins zu werden, und gleichzeitig fürchtete sie sich davor. Dieser Zwiespalt ließ sie nicht mehr zur Ruhe kommen.

Fast jede Nacht wurde sie von schlimmen Träumen geplagt. Ihre vergangenen traumatischen Erfahrungen drängten mit Macht an die Oberfläche und wollten gesehen, angenommen und durch neue Erfahrungen geheilt werden.

Bald schon fürchtete sich Selina davor einzuschlafen, weil sie den schrecklichen Träumen dann schutzlos ausgeliefert war.

Raoul, der den geplagten Zustand ihrer Nerven besorgt wahrnahm, versicherte ihr immer wieder, dass nichts geschehen müsse, was sie nicht wolle. Aber es nützte ihr nichts, weil er es nicht war, der ihr diesen Druck machte. Sie selbst war es. Etwas in ihr drängte sie zur absoluten Hingabe - und etwas anderes wehrte sich dagegen. So tobte längere Zeit ein zermürbender Kampf in Selina.

ICH, die Kraft der Liebe, fand einen Weg, ihr zu helfen, indem ich eine weise alte Heilerin, die sich auf einer Reise durch das Land befand, in den Palast des Sultans schickte. Raoul erzählte ihr von Selinas Nöten und bat sie, einige Zeit zu verweilen, um der jungen Frau in ihrem Schmerz beizustehen.

Selina fasste auch bald Vertrauen zu der freundlichen Alten, die in ihrer herzlichen und auch humorvollen Art und Weise wieder das Lächeln in ihr hervor lockte. Es dauerte nicht lange, und sie vertraute sich der freundlichen und einfühlsamen Frau während eines ausgiebigen Spaziergangs an. Die weise Alte nickte verstehend, setzte sich mit ihrem Schützling ins Gras, nahm ihre Hand und hielt sie eine lange Weile schweigend fest. Selina spürte, wie mit der Wärme dieser alten, ruhigen Hände Kraft und Energie in sie hinein floss. Dann sagte die Heilerin zu ihr: „Mein liebes Mädchen, das Alte will sich wandeln. Das Leben hat dich hierher zu diesem Mann geführt, um deine aus der Vergangenheit stammenden Wunden ins Licht zu bringen und sie durch neue Erfahrungen zu heilen. Ich rate dir: Tu es! Tu es mit all der Angst, die du noch davor hast - sei bereit, dich mit ihm zu vereinigen. Sei dir dabei jedoch bewusst: Du tust es nicht für ihn! Er würde es niemals von dir fordern - und du hast keinerlei Verpflichtung, ihm etwas zu geben, was dein Herz nicht will. Es ist aber so: Dein Herz will es! Es will diese Erfahrung für dich. Ich sehe in dir, dass du diesen Schmerz und diese Angst schon durch mehrere Leben trägst. Für dieses Leben ist nun der Wendepunkt vorgesehen. Du stehst ganz kurz davor. Deine schlimmen Träume werden aufhören, wenn du bereit bist, durch diese letzte Tür zu gehen."

Ein Weilchen schwieg die weise Alte und ließ Selina Zeit, ihre Worte zu verarbeiten. Dann gingen sie wortlos Arm in Arm zurück zum Palast. Dort angekommen umarmte sie die Heilerin und verabschiedete sich von ihr:

„Geh nun in Frieden, Selina, du findest deinen Weg. Dessen bin ich ganz sicher! Du kannst deinem Schicksal, wenn überhaupt, nur kurzfristig davon laufen, es wird dich immer wieder einholen und heim führen, heim in dein Herz - dorthin wo geschrieben steht, was deine Seele für dich vorgesehen hat.

Jeder Kampf dagegen bedeutet Schmerz - ein Schmerz, der weitaus größer ist, als der körperliche Schmerz, den du, geprägt durch deine schlimmen Erinnerungen, befürchtest.

Aber glaube mir, deine Befürchtungen, die so tief in dir eingebrannt sind, werden sich hier und heute nicht als wahr erweisen! Dieses Mal wird es ganz anders sein – auch das kann ich sehen. Du bist angekommen bei dem Mann, der dir zum Heiler geworden ist. Warte nicht länger... und tu es für dich – einzig und allein nur für dich - jedenfalls die ersten Male..."

Leise lächelnd legte sie Selina den Arm um die Schultern und führte sie direkt zu Raouls Gemach.

Vor der Tür legte sie die Hände segnend auf Selinas Kopf und sprach: „Ich segne dich, mein Kind, im Namen der Liebe, im Namen deiner Mutter und deines Vaters, und ich sage dir: Du darfst und du sollst glücklich und frei sein! Die Vergangenheit kann nun ruhen."

Dann nahm sie Selinas Kopf in beide Hände und gab ihr einen Kuss auf die Stirn. „Ich wünsche dir nun einen wundervollen Abend und eine heilende Nacht. Du wirst in den Armen deines Liebsten in dieser Nacht gut schlafen - und der Nerven zermürbende Spuk mit den schlimmen Träumen wird ein Ende haben.

Ich werde morgen ganz früh den Palast verlassen und meinen Weg fortsetzen. Meine Mission hier ist nun an dieser Tür erfüllt."

Dankbar umarmte Selina die Alte, die sie dann sanft umdrehte und die letzte Tür für Selina öffnete.

ICH, die Kraft der Liebe, führte Selina und Raoul in heilender Weise auch durch diesen Abend und diese Nacht, der noch viele weitere folgen sollten, in denen sie gemeinsam immer neue Wunder der Liebe entdeckten...

Und da alles eins ist,
leben sie noch heute
und sind unter uns,
leben in uns, gehen mit uns
in den Abenteuern des Lebens...
auf den Wegen und Umwegen,
die durch MICH geleitet sind,
die immer wieder zu MIR führen
und auch dich nach hause bringen,
zur Heimat in dir - zu MIR, der Kraft der Liebe.

Und alle Wesen des Himmels und der Erde,
durch die ICH wirke, sagen dir:

WIR lieben und behüten dich!
WIR sind immer und überall bei dir
Tag für Tag – Nacht für Nacht,
an jedem Ort – zu jeder Zeit,
und durch dein Herz
antworten und wirken
stets in Liebe WIR,
die guten Kräfte,
die liebenden Ströme
deines Lebens.

Denn WIR
sind mit dir

EINS.

♥

Nun gelangst du zu den persönlichen Seiten für dich, liebe Leserin, lieber Leser…

♥

Heilungsimpulse für Angst und andere schwere Gefühle

Die Kraft der Liebe schreibt an dich:

Liebe Freundin, lieber Freund!

ICH, die Kraft der Liebe, freue MICH, mit dir nun auch durch diese Geschichte in Kontakt getreten zu sein. Unsere Verbindung ist ja immer und auf vielfältige Weise da und für dich spürbar - mal mehr, mal weniger intensiv. Vielleicht ahnst du es ja, dass es einen Grund gibt, weshalb ICH zu dir auch in Form dieses Buches gekommen bin...

Was hat diese Geschichte mit dir zu tun?
Was kann sie dir geben?

Möglicherweise hast du dich das selbst schon gefragt... Gern möchte ICH dir dazu noch einige Anregungen geben.

Kennst du ähnliche Gefühlswesen wie Selina in dir? ICH meine hiermit Anteile, die voller Angst sind vor dem, was möglicherweise kommen könnte, und dadurch auch in Abwehr?
In diesem Märchen steht zwar die Angst vor Gewalt und Erotik im Vordergrund, doch gibt es ja sehr viele Bereiche und Themen, die mit Angst besetzt sein können. Das, worauf sich die Angst richtet ist verschieden, vielfältig und austauschbar.

Die Art und Weise, wie Angst sich anfühlt, wie sie sich ausbreitet, was sie verhindert und wie schwer sie das Leben machen kann, ist jedoch in allen Themen, auf die sich Ängste richten, ähnlich.

ICH lade dich jetzt ein, einen Moment lang inne zu halten und dir bewusst zu machen, worauf sich deine Ängste und Unsicherheiten beziehen...

Für den Umgang mit deiner Angst, deiner Zartheit, deiner Ver-
letzlichkeit möchte ICH dir in diesem Teil des Buches gern eini-
ge weiterführende Fragen stellen und Impulse geben.

Wie gehst du mit deiner inneren Selina, dem ängstlichen,
unsicheren Teil in dir um?

Setzt du sie manchmal unter Druck – so wie es der Sultan
Ohmada tat?

Zwingst du sie manchmal, etwas zu tun, was ihr (was dir)
nicht entspricht?

Gab es oder gibt es Menschen in deinem Leben, die dich
zu etwas drängen, was du nicht möchtest?
Und wenn ja, kannst du dich inzwischen leicht davon ab-
grenzen?

Falls du den Ohmada in dir kennst - wie viel Macht gibst
du ihm?

Anhand der Geschichte haben wir erlebt, dass Druck und
Zwang nicht zu gewünschten Ergebnissen führen, denn sie
schwächen, kränken und entwürdigen.

Durch das, was den meisten Kindern und möglicherweise auch
dir in deiner Erziehung und sozialen Prägung geschehen ist,
wurde meist eine innere Instanz geschaffen, die den Druck der
Eltern, Lehrer, Erzieher oder anderer Erwachsener fortführt,
auch noch lange im Erwachsenenalter.

Selbst dieser Ohmada-Anteil hat keine wirklich böse Absicht,
er weiß und versteht es nur nicht besser.
ICH möchte dich einladen, ihn gemeinsam mit MIR zu besu-
chen, ihm zu erklären, dass du ihn so nicht mehr weiter ge-
währen lassen willst (falls du zu diesem Entschluss gelangst),
weil es dir nicht gut tut. Vielleicht gibst du ihm eine Zeit zu ler-
nen und zu schauen, wie es der Raoul in dir macht...
Du könntest ihm eine andere Aufgabe geben.

Wie wäre es, wenn er dich künftig vor den Ohmadas in der äu-
ßeren Welt warnen und schützen würde. Er würde sie schnell
erkennen und könnte dir seine Kraft auf diese Weise nutzbrin-
gend zur Verfügung stellen...

Wie häufig und in welcher Weise erlebst du Raoul in dir?

Vielleicht willst du diesem Teil in dir, der Geduld, Weisheit, An-
nahme, Verständnis und Güte verkörpert, ja einen von dir ge-
wählten Namen geben? Vielleicht ist für dich auch ein weibli-
cher Name stimmiger... Es sind ja Qualitäten des Herzens.
Möglicherweise hast du bereits einen so guten Kontakt zu dei-
nem Herzen, dass du ihm schon einen Namen gegeben hast?

Manchmal ist es hilfreich, die Gefühle und inneren Kräfte
als „Wesen", als „Gestalten" zu betrachten, und ihnen
auch eigene Namen zu geben.

Du weißt ja: Du bist mehr als jedes Gefühl, das gerade fühlbar
ist in dir. Du bist die Königin, der König deines Seelenhaushal-
tes, und es kann sehr wirkungsvoll sein, mit den Bewohnern
deines inneren Königreiches bewusst in Beziehung zu treten.

Um mit einem Gefühl in Kontakt zu kommen, ohne dass es
übermächtig wird, kann es hilfreich sein, mit ihm – wie mit ei-
ner eigenen inneren Persönlichkeit – zu reden und in der ge-
danklichen Vorstellung das Gespräch so ablaufen zu lassen,
dass es dir alles sagen kann, was es bewegt. Dabei beachte
immer, dass du respektvoll mit ihm sprichst - liebevoll und in-
teressiert an seiner (guten) Absicht, die es für dich hat. Zeige
ihm allerdings auch klar und liebevoll in deiner königlich-güti-
gen Autorität, dass du die Fäden in der Hand hast in eurem
Palast!

ICH lade dich ein, mit deiner ängstlichen Teilpersönlichkeit, so-
wie auch mit dem „Druckmacher" in dir, mit deinen inneren Kin-
dern, mit dem weisen, geduldigen Herzwesen in dir zu reden.

Hast du Lust, falls du es noch nicht in dieser Weise getan hast, sie nach und nach kennen zu lernen und ihnen Namen zu geben, die ihnen entsprechen und ihnen gefallen?

Natürlich kannst du sie, wenn es für dich stimmig ist, auch weiterhin Selina, Ohmada und Raoul nennen.

ICH BIN es, die Raoul zu so einem mächtigen Sultan gemacht hat und seine Macht immer weiter stärken wird - ICH, die Kraft der Liebe.

Gern helfe ICH dir, mit dir selbst und auch mit anderen Menschen verständnisvoll, geduldig, gnädig und gütig umzugehen.

Dafür ist es hilfreich einige Grundprinzipien zu verstehen:

Das Wesentliche im Leben ist meistens paradox.

Es folgt keiner Logik und ist mit dem Verstand und dem Willen allein nicht erreichbar. Dies gilt besonders, wenn es um Ziele und Wünsche geht, deren Umsetzung von Angst und anderen gefühlsmäßigen Widerständen gebremst werden.

In diesem Falle gilt: Je weniger du unbedingt willst, umso mehr kann sich mit der Zeit entwickeln.

Wenn also das begehrliche und belastende, Kraft-raubende „MUSS" verschwindet, entsteht ein Boden, auf dem ein „Ich könnte ja vielleicht..." und irgendwann eventuell sogar ein „Ich bin bereit..." oder gar ein „Ich will!" wachsen kann. Dies gilt für alle Bereiche, in denen Widerstände etwas Neues, etwas Gewünschtes, erschweren oder verhindern: Beruf, Partnerschaft, Gesundheit, Freizeit, Körper, Geist, Gefühle…

In allen Bereichen erreicht Druck genau das Gegenteil von dem, was gewünscht wird – Widerstände entstehen!

Den meisten Widerständen liegt Angst zugrunde, auch wenn diese sich manchmal tarnt in Vorsicht, Lustlosigkeit, Eifersucht, depressive Verstimmung, Kontrollbedürfnis, starke Anpassungsbereitschaft und und und…

Vielleicht möchtest du die Liste ergänzen mit den verschiedenen Widerstandspersönlichkeiten, die alle Facetten der Angst sind, die sich im Laufe der Zeit in deinem Seelenhaushalt entwickelt haben. Was immer sich bedrückend, lustlos, schwer und belastend anfühlt, trägt in seinem Hintergrund Angst.

Was also tun mit deiner inneren Selina?

Raoul hat viel mir ihr geredet, um sie gut kennen zu lernen und ihr die Gelegenheit zu geben, mit ihm vertraut zu werden. Er wollte erfahren, was sie braucht, um sich sicher und wohl zu fühlen. Die abendlichen Begegnungen vermittelten durch die Regelmäßigkeit auch eine gewisse Struktur und Sicherheit.

MEINE Empfehlung für dich :
Lade Selina regelmäßig ein, in einem Rhythmus, der für dich stimmig ist, zu dir in dein Bewusstseinsstübchen zu kommen, und frage sie, wie es ihr geht, was sie bewegt und was sie braucht. Sicher findest du dabei geeignete Möglichkeiten, ihr Freude zu machen, Druck zu nehmen und manches zu erleichtern.

Wie geschieht Erleichterung?
Raouls Weg besteht im Verzicht auf jede Art von Druck.

Der Satz „Du musst nicht..." ist ein Zauberwort, das manchmal sogar mit Geduld und viel Zeit etwas möglich macht, was sich zuvor unmöglich anfühlte.

MEINE Empfehlung für dich:
Flüstere Selina immer wieder einmal das zu, was sie gerade am meisten braucht, um sich frei von Druck zu fühlen.
Das könnte zum Beispiel sein:
„Du musst nicht „gut" sein…"
„Du musst dich nicht anstrengen und verbiegen…"
„Du musst dich nicht beeilen…"
„Du musst nicht so sein wie andere dich haben wollen…"
„Du musst „das" (was es auch immer sein mag) nicht tun…"
Du findest sicher selbst heraus, was gerade „deine" Selina besonders braucht – du trägst sie ja in dir!

Das Schreiben dieser Sätze verstärkt die Wirkung.
Das wusste Raoul. Deshalb war eines seiner ersten Geschenke an sie das „edle Schreibzeug" und die Empfehlung, ihre Gefühle auf Papier zu bringen.

Grundsätzlich ist es hilfreich, den Stimmen deiner verschiedenen inneren Persönlichkeiten ein Zuhause zu geben, in dem sie sich schriftlich ausdrücken können.

Im Schreiben bewegt sich das Gehirn langsamer als im Denken und bekommt dadurch in Form von Einfällen und Assoziationen Zugriff auf Bereiche, die dem schnellen, meist verstandesmäßig orientierten Denken sonst verborgen sind. Gerade aus diesen Bereichen stammen wertvolle, heilende Impulse... Solltest du allerdings nicht gern schreiben, ist das natürlich nicht hilfreich für dich. Wieder gilt: Kein Druck!

Hilfreich ist es, die Selina in dir zu stärken.
Wodurch könnte das noch geschehen?

Raoul gab ihr eine Aufgabe, in der sie nicht versagen konnte: *Sie sollte Schönes suchen und Farben auf Papier bringen. Als sie ihm ihr erstes Werk voller Unsicherheit zeigte, schenkte er ihr* **bestätigende, wertschätzende Worte.**

MEINE Empfehlung für dich:
Halte auch du täglich nach Schönem Ausschau, und wenn es dir zeitlich möglich ist, gestalte irgendetwas, womit du Schönheit in deine Welt bringst – etwas Kleines, das nicht viel Aufwand erfordert, damit kein erneuter Druck entsteht.
Das könnte ein kleines buntes Symbol in deinem Kalender oder Tagebuch sein, eine schön dekorierte Ecke in einem Regal, eine einfach gemalte Postkarte, die du dir aufstellst und anschaust, wenn du einmal wieder nach Schönem suchst. Wenn es für dich passt, kannst du sie ja auch verschenken oder verschicken...
Spüre nach, wie es für dich stimmig ist. Dein inneres Kind wird daran Freude haben und sich nach und nach wohler fühlen.

Raoul traf sich jeden Abend mit Selina, *so dass sie immer eine Zeit am Tag hatte, in der sie nicht allein war und Gelegenheit bekam, sich auszudrücken, wobei er ihr geduldig, interessiert und liebevoll zuhörte.*
Eine große Quelle von Energie ist Aufmerksamkeit und Zuwendung.

MEINE Empfehlung für dich:
Setze dich in einer für dich leicht möglichen Regelmäßigkeit mit dir und deinen inneren Anteilen zusammen. Besondere Aufmerksamkeit braucht sicher zunächst deine Angst-Stimme. Frage sie nach ihren Namen oder gib du ihnen Namen. Ermuntere sie, dir zu sagen, wie es ihnen geht, was sie schön finden, was gerade schwer ist, und was sie brauchen. Das geht wie schon erwähnt am besten schriftlich. Wenn das für dich nicht passt, dann in einem Selbstgespräch - vielleicht während eines kleinen Spazierganges oder in der Badewanne? Du findest den für euch passenden Rahmen dazu! ICH helfe dir gern dabei!
ICH BIN übrigens immer die Instanz, an DIE du dich anlehnen kannst, wenn du nicht weiter weißt und Trost, Kraft, Zuspruch, Rat und Beistand brauchst.
Bitte gib auch MIR eine Gestalt und einen Namen. ICH BIN jederzeit für dich da!

Raoul erkannte, dass Selina ein großes Bedürfnis nach Wärme, Nähe und Geborgenheit in sich trug, das ihr selbst noch nicht einmal ganz bewusst war. *Deshalb bot er ihr an, dass sie jederzeit, wenn nötig auch in der Nacht, zu ihm kommen könne. Damit gab er ihr etwas, das sie als Kind nicht bekommen hatte und als Basis, damit ihr Vertrauen wachsen konnte, als „Nach-Nährung an Geborgenheit" sehr brauchte.*

MEINE Empfehlung für dich:
Lade auch du deine Selina ein, zu dir kommen, wann immer sie dich braucht. Gib ihr Zusagen, wie sie ein Kind braucht:
„Du kannst gern jederzeit zu mir kommen!"
„Ich bin immer da für dich! Alles ist gut!"
„Tag und Nacht bin ich bei dir – du bist nie mehr allein!"
„Ich halte dich im Arm, da hast du es sicher und warm!"

Du kannst auch ein Kuscheltier, ein Kissen oder ein anderes weiches Symbol benutzen, die die Selina in dir repräsentiert, um sie spürbar in den Arm zu nehmen, wann immer sie es braucht. Halte sie und spüre hin, ob du der Zärtlichkeit gewahr wirst, die du für sie, für deine ängstliche, verletzliche Seite in dir hast.

Und du kannst dir auch vorstellen, wie ICH, die Kraft der Liebe, als ein großes gütiges Wesen hinter dir liege, an das du dich ankuscheln kannst, das dir Halt, Geborgenheit und Liebe vermittelt.

Ob ICH für dich als Raoul da bin oder als eine liebende weibliche Instanz, ob es ein Engel, eine gute Fee oder die liebevolle Grundessenz eines Menschen ist, das ist völlig gleichgültig! Die Hauptsache ist, dass es sich für dich rundum gut anfühlt.

Denn das Unterbewusstsein kann nicht unterscheiden zwischen realer und vorgestellter Wirklichkeit. Wirksam ist das Gefühl, das in dir entsteht.

Wenn durch die Kraft deiner Vorstellung Gefühle von Geborgenheit und Liebe ausgelöst werden, dann kann ICH dich durch Tag und Nacht tragen...

Wo du auch bist: ICH stärke dir mit jedem Gedanken an MICH den Rücken und gebe dir Kraft für das, was deine Seele für dich will.

Ein Brief von Selina und Raoul an dich

Liebe Leserin, lieber Leser,
ganz herzlich möchten wir uns bei dir bedanken, dass du uns bis hierher begleitet hast. Die Kraft der Liebe hat dich mit einer Einladung, die in unsichtbarer Tinte auf einem Briefbogen deines Herzens geschrieben ist, durch Raum und Zeit zu uns gebracht und mit uns verbunden. Nun leben wir in dir weiter in einem Palast deiner inneren Welt. Dort lernen wir deine inneren Gefühlswesen kennen - bunte, verschiedenartige Gestalten...

Vieles von dem, was wir erlebten und fühlten, kennst du ja auch: Gefühle von Angst, Liebe, Unsicherheit, Zweifel, Scham, Vertrauen, sich-gefangen-fühlen, Geborgenheit, alten und aktuellen Schmerz, Annahme, Güte... Die Liste könnte noch viel länger sein... Vielleicht möchtest du sie ergänzen mit dem, was bei dir gerade lebendig ist und sich danach sehnt, von dir in liebevoller, gedanklicher Umarmung angenommen und erlöst zu werden?

Unabhängig von den Themen, mit denen diese Gefühle verknüpft sind, frei von den Ereignissen, die das alles auslösen, bleiben es einfach Gefühle... Anteile in dir - wie in uns allen.

In der Kraft der Liebe sind wir alle eins - miteinander verbunden durch Raum und Zeit. Insofern ist jede liebevolle Geste der Annahme, die du dir und den Gefühlswesen in deinem inneren Palastgarten schenkst, eine Gabe, die der ganzen Welt gut tut.

Sei gütig zu dir – und Güte strahlt in die Welt!
Wir sind nicht getrennt voneinander

Natürlich sind auch unsere Autoren, Rolf und Marina, verbunden mit uns - und durch unsere Geschichte, die nun ebenfalls in dir lebt, auch mit dir.

Unzählige Fäden, die unsichtbar die Schicksale von Menschen verbinden, die sich vielleicht noch nie gesehen haben, bilden ein energetisches Netz... Wenn du es so willst: ein Netz der Liebe! Du entscheidest, mit welchen Gedanken und Gefühlen du die Fäden deines Netzes ausstattest, welche du in die Welt hinein webst und dadurch verbindest mit ähnlichen Energie-Fäden.

Natürlich werden auch Fäden von Angst, Zweifel, Unsicherheit, Scham, Wut und noch viele andere dabei sein... Sie leben in jedem von uns. Doch wir selbst entscheiden, ob wir diese uns oft schwächenden Fäden nicht mit starken Bändern von Licht, Güte, Verständnis, Annahme und Liebe ummanteln wollen und damit ein Netz erschaffen, in das wir uns dann, wenn wir das Gefühl haben zu versinken in Trübsal und menschlicher Pein, hinein fallen lassen können.

Wir (Raoul, Selina, Rolf, Marina und die Kraft der Liebe) laden dich ein, deine Art zu lieben und deine Bereitschaft, dich lieben zu lassen, in dieses geistige Netz an einigen Lichtfäden entlang mit hinein fließen zu lassen und so an dem Netz mit zu wirken, das dich dann auffängt, wenn du es brauchst!

Die Liebe wird das Netz für dich ausbreiten, wann immer es nötig ist. Du selbst und andere LeserInnen, sowie auch Marina und Rolf weben von verschiedenen Seiten mit an dem Netz, so dass es immer stärker und tragfähiger wird.
Solltest du mit uns (Rolf und Marina) und anderen Lesern und Leserinnen in Kontakt treten wollen, kannst du das in den Kommentarfeldern unserer Blogs (siehe Seite 2 – „Unser Dank") - und natürlich auch per Mail an:
marina.kaiser111@gmail.com
rolfd.meister@gmail.com

oder per Telefon.
Marina: **030-7218938**   *Rolf:* **030-77329295**

Lasst uns gemeinsam ein Netz der Liebe und Annahme weben, in das sich jeder hinein fallen lassen kann, der es gerade braucht.

Die Kraft der Liebe hält es ganz sicher in IHREN Händen.

Das Netz der Liebe ist jederzeit und überall da - es ist offen für dich!

Du bist eingeladen, dich fallen und tragen zu lassen - gerade JETZT in diesem Augenblick...
... und immer wieder dann, wenn du es gerade brauchst.

Lass dich fallen –
die Kraft der Liebe fängt dich auf!

Und wenn du JETZT in die Welt deines Herzens schaust, siehst du uns, Selina und Raoul, im Palastgarten stehen. WIR winken dir zu und laden dich ein, in unser Land zu kommen mit all deinen Gefühlen, die da sind...

Du bist willkommen – mit allem!

Du wirst gewollt – genau so wie du bist!

Und viele Gefährten sind auch hier: Leser und Leserinnen, Freunde aus der realen und der virtuellen Welt, Gefühlswesen aller Arten und Schattierungen, menschliche und himmlische Wesen...

Sie alle feiern mit uns, dass sie diese Welt entdeckt haben, die sie vielleicht einst sogar auch gefürchtet hatten: die innere Welt, in der Heilung entsteht durch Wahrnehmen, Fühlen und Annehmen aller Gefühle, die da sind.

Lass dich umarmen von der Kraft der Liebe...

JETZT!

Folgende Bücher und Karten sind von uns erschienen:

VON ROLF :
Auf der Suche nach dem richtigen Weihnachtsmann – Eine berührende Geschichte für Erwachsene und größere Kinder   8,30€

VON MARINA UND ROLF:
Engel weisen den Weg – Eine adventliche Heilungs-Geschichte über die Kraft der Gedanken und das innere Kind für Erwachsene 10,90€

VON MARINA   (Leseproben gibt es auf www.marina-kaiser.de)
In Gnade und Güte – **geborgen im Herz des Meisters** – mit diesen Botschaften begleitet dich Christus fühlbar durch dein Leben 12,90€

Das kleine Ich und das große Licht – **Gespräche, die den Alltag heller machen** - Spannende Dialoge zwischen Persönlichkeitsebene und der weisen inneren Stimme zu spirituellen Themen   14,90€

Engel, die guten Kräfte deines Lebens (Band 1+2) - 365 Tagesimpulse in 2 Bänden: Botschaften, Meditationen, Anleitungen... 14,90€

Heilende Fragen der Engel (Engelkartenset) - Jedes der 52 farbenfrohen Kärtchen enthält eine kurze Botschaft und eine Frage   9,90€

Engel sind für dich da - 52 Engelbotschaften für jede Woche des Jahres mit praktischen Anleitungen, um die Energie des jeweiligen Wochen-Engels fühlbar praktisch umsetzen zu können   14,90€

Engel begleiten dich - 30 liebevolle Engelbotschaften für jeden Tag des Monats mit liebevollen Morgen- und Abendgedanken   10,90€

Auf dem Weg ins Vertrauen - Ein spiritueller Ratgeber, um Lebensfreude,Vertrauen,Selbstliebe im Alltag tiefer fühlen zu können 9,60€

Briefe deines Königs - Stell dir vor: ein weiser König ist dein Freund und gibt dir Hilfen zur Umsetzung von spirituellem Wissen   9,60€

Carolines Weg durch die Angst - Ein Reinkarnations-Märchenroman zu den Themen *Angst, Hingabe, Vertrauen, Heilung, Liebe*   8,40€

Die Bücher können gern bei uns bestellt werden:
telefonisch: **030-721 89 38 Marina,   030-723 29 295 Rolf** oder per Mail an **marina.kaiser111@gmail.com, rolfd.meister@gmail.com**